プロローグ

「ふう……そろそろ終わりだな」

中川忍《なかがわしのぶ》は、時計を見ながら大きく伸びをした。

この時間なら交代までもう診察はないだろうと思うと、張りつめていた緊張感が一気にほぐれていくような気がする。

「お疲れですね、先生」

側《そば》にいた新人の看護婦が、一気に脱力した忍を見てクスクスと笑った。

忍は聖ミカエル病院の小児科医である。もっとも、医師といっても二年間の研修医生活を終えたばかりの駆け出しなので、診察ではヘマをしないようにと、まだまだ緊張を強《し》いられる毎日が続いているのだ。

「なんだか、テストを受け続けている気分だよ」

「それは……私も同じですよ」

看護婦はそう言って溜《た》め息《いき》をつく。

彼女もこの病院の付属看護学校を卒業したばかりだと聞いていた。それなりの勉強はしてきたはずなのに、やはり現場に出ると不安を感じるものなのだろう。

(そうだ、こういう共通の話題があったじゃないか)

忍は同意するように頷《うなず》きながら、密《ひそ》かにグッと拳《こぶし》を握りしめた。実は彼女が配属されてから、ずっと誘うキッカケを探していたのだ。結構可愛《かわい》い娘《こ》で気に入っていたし、なによ

り仕事が終わってもアパートに帰って寝るだけというのは寂しすぎる。

「君も……これで交代なんだろ？」

「はい、そうです」

ダメモトで誘ってみるか……と、忍が口を開き掛けた途端、
ぷるるるるー！

と、診察室の内線電話が鳴った。

「小児内科第2診察室です。……あ、舞岡《まいおか》先生、お久しぶりです。はい、中川先生ですね。少々お待ちください」

電話を取った看護婦は、そう言って笑顔で受話器を差し出す。忍が受け取ると、彼女は軽く頭を下げて、そのまま立ち去ってしまった。

「はい、中川ですが……」

「あ、忍クン？　ワタシよ、楓《かえで》」

「なんだ楓さんか……どうしたの？」

せっかくのチャンスを失ってしまい、忍は少しふてくされた声で言った。

「なんだとはご挨拶《あいさつ》ねぇ……まるで、忍クンが新人看護婦をナンパしてるのを、ワタシが邪魔でもしたみたいな言い方ねぇ」

「あ、いや……そんなことはないけど」

どこかにカメラでもあるのだろうか……と、忍は思わず診察室を見回した。

「実はね、今病院のロビーにいるんだけど」

「え……どうして？」

「ちょっと話があるのよ。もう仕事は終わりなんでしょ？」

「はい、じゃあ……すぐいきますよ」

忍はそう言って受話器を置きながら、なんとなく不安を感じた。楓が改まって忍を呼び出す時は、決まってなにかが起きる時なのだ。

だが、階下のロビーにまで来ているというのに、断ることなどできない。当直医に仕事を引き継ぐと、忍はロッカーで着替えてからエレベーターに乗った。


舞岡楓は、幼くして両親を失った忍の育ての親である。

忍の父親と楓の夫が親友同士であった……という縁で引き取ってくれたのだ。だが、その夫も、忍を引き取る何年か前に亡くしている。つまり、楓は女の細腕一つで忍を育ててくれたのだ。

「お待たせ、楓さん」

通常の診察時間が終わって人気の少なくなったロビーにいくと、楓は外来用のソファー

に座って忍のくるのを待っていた。

「わざわざ病院まで来て、どうしたの？」

「こうして押し掛けないと、最近は全然家にこないじゃない」

忍が向かいのソファーに腰を降ろしながら尋ねると、楓は唇を尖《とが》らせるように言った。

養母といっても楓は心身共に若作りで、新宿や渋谷あたりを歩いていると、若い男たちにナンパされるほどに若く見える。こうして久しぶりに会っても、その美貌《びぼう》は以前とまったく変わっていない。

「その……夜勤だとか救急当番とかで、なかなか時間が取れなくってね」

「そんなの、なんとでもなるでしょうに……たまには遊びに来てくれないと、娘が寂しがって困るのよね」

「そ、それで……会いに来てくれただけなの？」

放っておくと、いつまでもブツブツと文句を言いかねない。忍が慌てて話を変えようとすると、楓は思い出したようにポンと手を打った。

「そうそう……実はうちの看護学校に臨時講師として来て欲しいの」

「へ？　臨時……講師？」

「そう。でね、一応来週からということになっているんだけど……」

「ち、ちょっと待ってくださいよっ！」

あまりにも唐突な楓の言葉を、忍は慌てて遮った。

楓は昔から物事を極端に省略してしまう癖を持っている。一緒に暮らした十数年間で慣れたつもりでいたが、今回は端折られすぎてて、さっぱり話が理解できない。

「要約しないで、きちんと事情を話してくださいよ」

「男のくせに細かなことを気にするわねぇ」

楓はまたブツブツと呟《つぶや》きながら、スラリとした脚を組んだ。

その拍子でストッキング越しにレースのショーツがチラリと見えたが、本人はその言葉の通り、細かいことはまったく気にしないようである。

まだ二十代と言っても十分に通用する容姿を持っているのだ。いくら養母といえども、無防備な姿をみせられるとドキリとしてしまう。

「超能力者じゃないんですから、言ってもらわないと分からないですよ」

「……面倒ねぇ」

楓は眉根《まゆね》をよせ、仕方ないという感じで説明を始めた。

「つまり、看護学校の講師のひとりが病気で入院しちゃって、欠員が出て困ってるのよ。それでその講師が退院してくるまでの間、忍クンに臨時講師をして欲しいわけ」

楓は元々この聖ミカエル病院にいたベテラン看護婦であったが、現在は付属の看護学校で教鞭《きょうべん》を振っている。学校ではそれなりの権限を持つ立場にあるのだ。

おそらく、この強引な性格のおかげで今の地位を築けたのだろう……と、忍は今更ながらのように思った。

「なるほど……でも、どうして僕なんです？」

「他にヒマな医者がいないから」

楓は、当然でしょ……というような表情を浮かべて忍を見た。

確かに忍は駆け出しのヒヨッコ医師で、ベテランのようになにもかも任される立場ではない。だが、それなりに忙しい日々を送っているのである。

別にヒマじゃないんですけど……と反論しようとしたが、それを口にしても無駄であることを悟って沈黙した。楓が一度言い出したことを、簡単に取り消すような女性でないことを十分に知っているからである。

「でも、僕は講師なんてしたことないんですけど」

「看護学生が相手なんだから、医師であれば充分よ。うちは私立だから、あまり細かいことにはこだわらないわ」

楓はそう言って笑う。

「学校へは来週からということで、病院長や学校長とも話がついているから」

「……ということは、つまり今回の話は僕の意志とは関係のないところで、すでに決定してしまっているということですか？」

「こういう経験もしておいた方がいいと思ったんだけど……不満だった？」

楓は不意に声のトーンを落として、探るように忍の顔を覗《のぞ》き込んできた。

一見すると、忍の将来のことを思いやってのように思えるが、実は昔から面倒なことはこれと同じ方法で何度も押しつけられてきたのだ。

そして過去の経験から、逃れられないことも承知している。

「分かりましたよ……」

忍は仕方なく頷いた。

病院長も承知しているとなれば、ここで断るだけで話が済むはずもない。たぶん明日にも、病院の方から正式な形で出向を命じられることは間違いないだろう。

「ホント、忍クンは小さな時から聞き分けはいいのよね。……じゃあ、久しぶりに会ったことだし、講師就任を祝ってなにか食べにでもいきましょうか」

楓はクスッと笑みを浮かべると、そう言ってソファーから立ち上がった。

(小さな時から聞き分けがいい……か)

忍はふと楓に引き取られた時のことを思い出した。

天涯孤独となった自分を引き取り、優しく接してくれた楓はまるで女神のように思えたものだ。

まさか十数年後に、こんな無理を押しつけてくるとは夢にも思わなかったが……。

第一章　危険なフリー宣言

忍は看護学校の校舎を見上げ、はぁーっと溜《た》め息《いき》をついた。

聖ミカエル病院は、広大な敷地の中に付属の看護学校を持っている。同病院に勤務していたのだから、当然この看護学校の存在は知っていたし、病院の看護婦も大半はここの卒業生たちであった。

まさかそこで講師をすることになるとは夢にも思わなかったが……。

(楓さんも厄介なことを押しつけてくれたよなぁ)

少しでも経験を積まなければならない新人医師の忍にとって、臨時で期間が限定されているとはいえ、現場から離れるのは不安であった。

しかし病院長が出向を許可してしまった以上、忍にはどうすることもできない。病気で入院してしまった講師とやらが、一日でも早く退院してくれることを願うしかないのだ。早くて半年……長くても一年というところだろうか。

(まあ、決まってしまった以上は仕方がない)

忍は大きく頭を振って、気分を変えることにした。

初めての講師ということで不安はあるが、考えようによってはパラダイスなのだ。

なんといっても生徒は女の子ばかり。今までほとんど女性に縁のない人生を送ってきた忍にとって、これは天が与えたチャンスなのかもしれない。

……などと思いつつ、忍は甘い妄想を膨らませながら看護学校の前まで来た。

「おや……？」

学校の校門付近には、何故《なぜ》か大勢の女生徒たちがたむろしている。

遅刻の取り締まりでもしているのだろうか……とも思ったが、まだ授業が始まるまでかなり時間がある。しかも、彼女たちはジッと忍を見つめているようなのだ。

見知らぬ男が学校に入ろうとしているのだから、当然気になるだろう。だが、女生徒たちは、忍が校門をくぐっても、無言で見送るだけでなにも言おうとしない。

なんだか落ち着かない気分で通り過ぎようとした時。

「忍お兄ちゃん、臨時講師おめでとうっ☆」

と、ひとりの女の子がいきなり忍の腕にしがみついてきた。

途端、女生徒たちから一斉に悲鳴に似た声が上がる。

その喚声に驚きつつ、飛びついてきた女の子を見て、忍は愕然《がくぜん》とした。

忍の腕を抱きしめているのは、楓の一人娘である舞岡紅葉《もみじ》であった。幼い頃《ころ》から同じ家で育ってきた、忍にとって妹のような存在である。

「も、紅葉っ！　どうしてここにっ⁉」

「どうしてって……わたし、『ミカ女』の生徒なんだけど」

なにを今更、という顔をして、紅葉はキョトンと忍を見上げた。よく見ると、彼女は聖ミカエル看護学校……通称「ミカ女」の制服を着ている。

「ここの……生徒？」

「うんっ！」

紅葉はニコニコと笑みを浮かべながら、勢いよく頷《うなず》いた。

言われてみれば、紅葉が看護学校に進学するという話を、楓から聞かされた覚えがある。とすれば、当然「ミカ女」に入学したことは容易に想像できたのに、忍はうっかりとそのことを失念していたのである。

ひとり暮らしを初めて以来、忍はほとんど舞岡家に顔を出すことがなくなっていた。頻繁に訪れていれば、今回のことも事前に知ることができたのであろうが、紅葉に再会したのは、実に一年ぶりのことなのだ。

「忍お兄ちゃん、近所に住んでるくせに、ちっとも顔出さないいんだもん……」

紅葉は少し拗《す》ねたように頬《ほお》を膨らませた。

「わ、悪かったよ……つい、忙しくてさ」

「この前だって、お母さんとは外で会ってるくせに……」

久しぶりだというのに、怨《うら》みがましい目で見つめてくる紅葉は昔とまったく変わっていないようだ。小さい時に父親を亡くしているせいか、彼女は子供の頃から兄代わりの忍にベッタリなのである。

「寂しかったよ」

第一章　危険なフリー宣言

紅葉はそう言って忍の腕にすり寄ってきた。

あまり密着されると、どうしても紅葉の胸の膨らみを感じてしまう。全然成長していないようでも、年月は彼女の身体《からだ》をすっかりと女性のものへと変化させているのだ。

「ち、ちょっと……紅葉っ」

遠巻きに見ている女生徒たちの手前、忍は慌てて紅葉を引《ひ》き剥《は》がそうともがいた。いくら兄妹同然とはいえ、最初からこれではなにかと問題があるだろう。

だが、紅葉は忍の腕にしがみついたまま、離れようとはしない。

「紅葉ちゃん……そんなに引っ張ったら、センセのスーツがダメになっちゃうよ?」

隣に立っていた女生徒が、苦笑を浮かべつつ紅葉にツッコミを入れた。他の生徒と比べて少し身体が小さく、幼い雰囲気のする女の子だ。

「あ……」

女生徒の言葉に、紅葉は初めて気づいたように慌てて手を離した。

「ごめんね、忍お兄ちゃん」

「いや、構わないけど……」

そう言いながら、忍はチラリと女生徒の方を見た。さすがに看護婦になろうとするだけのことはある。見た目は幼い感じだけど、なかなか気配りできる子のようだ。

「……ありがとう。えっと、キミは?」

「ボク、紅葉ちゃんの親友で、吉野奈々菜《よしのななな》っていいます」

ニッコリと微笑《ほほえ》んだ奈々菜は、忍に向かってペコリと頭を下げた。

「ななな？」

「奈良県の奈に、云々の々、菜っぱの菜ですっ」

「……吉野さんでいいよね？」

「はいっ、センセの呼びやすいのでいいですっ」

奈々菜は忍の質問に、元気いっぱいに答えた。

忍もまだ十分に若いつもりでいたが、これほどのパワーはない。

授業が始まれば、こんな元気の塊のような女の子ばかりの集団を相手にしなければならないのだ。そう考えると、急に不安になってしまう。

「ところで……紅葉たちはなんでここにいるんだ？」

「奈々菜ちゃんと一緒にお出迎えしようって思ったの。そしたら、みんなも忍お兄ちゃんを見るって、集まってきちゃった」

「…………………」

忍は自分の方を見つめている女生徒たちを見回した。その視線を感じて、遠巻きにしていた女生徒たちが、キャアキャアと騒ぎ始めている。

（僕は上野のパンダか？）

と、忍はガックリと肩を落とした。

最初からこれでは、この先が思いやられるというものだ。

「とにかくセンセ、ボクたち生徒一同、センセの初登校を歓迎します！」

ニコニコと微笑みながら、奈々菜は忍の手を握った。

「あっ、奈々菜ちゃん、ズルイッ！」

プッと頬を膨らませた紅葉も、急いで空いた方の手を握りしめる。

「なんだかなぁ……」

まさしく両手に花の状態ではあったが、嬉《うれ》しいというよりも、照れくささの方が先に立つ。それに他の女生徒たちの前では、なんとなくバツが悪い。

「あのさ、二人とも手を離してくれない？」

苦笑いをしながらそう告げると、奈々菜はハッとした表情を浮かべ、慌てて握っていた手を離した。一方の紅葉は、なにくわぬ顔で忍の手を握ったまま、嬉しそうにブンブンと振り回している。親友といえども、タイプがまるっきり違っているようだ。

「とにかく！」

と、忍は紅葉の手をもぎ取るようにして振りほどいた。

「僕は講師としてここに来たんだから、あんまり誤解されるような行動は取らないように」

そうでもしないと、遠巻きに見ている生徒たちに妙な誤解を受けかねないし、初日から

舐《な》められるのはたまらない。

「あ〜っ、忍お兄ちゃんったら、照れちゃって……かわいい☆」

「かわいい……って、あのなぁ」

コロコロと笑う紅葉を見つめながら、忍は再び肩を落として溜め息をついた。


「うふふっ、大変な騒ぎねぇ……忍クン？」

紅葉たちに案内されて、ようやく職員室へとたどり着いた忍の前に、白衣を羽織った楓が現れた。困惑した表情の忍を興味深そうに覗《のぞ》き込んでいる様子からすると、どうやらこの状況を面白がっているらしい。

「騒ぎっていうか……なんだか見世物になった気分ですよ」

忍を見学に来ていた女生徒たちもぞろぞろとあとを着いてきたが、職員室には用事でもないと立ち入れないのか、騒ぎながらも廊下に留《とど》まっている。

まるで結界でも張ってあるかのようだ。

「まあ、この学校では若い男性は珍しいからね」

楓はクスクスと笑いながら職員室のドアを開き、

「ほらほら、見世物はおしまいよ！　教室に戻りなさい！」

と、パンパンと手を叩《たた》いた。

途端、集まっていた女生徒たちは蜘蛛《くも》の子を散らすように、一斉にわらわらと立ち去っていった。長く講師をやっているだけあって、さすがに手慣れたものだ。

いつかは自分にもできるようになるのだろうか……と、忍はまるで調教師のような楓の後ろ姿を眺めた。

「さてと……」

楓はピシャリとドアを閉めて振り返ると、忍を職員室の中央にある机まで連れて来た。

忍のために新しく用意されたのであろう机の上には、教本やチョーク、担当クラスの名簿などが置かれている。それらを見て、忍は自分が講師になるのだということを、改めて思い知らされたような気がした。

「……やっぱり、講師って不安?」

気持ちが顔に出てしまったのか、楓は忍の顔を覗き込むようにして尋ねてくる。

「そりゃあ不安ですよ。初めて患者さんを診《み》た時より、不安が大きいです」

「そんなものかしら?」

「講師なんてまったくの未体験ですよ?　不安は当然でしょう」

忍の説明に、楓はウンウンと頷いた。

「ともかく、当たって砕けるのみよ。現場に立ってみなければ、対策なんか立てられない

でしょ？」

「そりゃそうでしょうけど……」

「心配しなくても大丈夫よ。忍クンなら上手《うま》くやるわ」

楓はそう言って、グリグリと忍の頭を撫《な》でた。

いい加減に子供扱いはやめて欲しいと思うのだが、幼い頃から成長を見守ってきた楓にとって、忍は未《いま》だに小さな子供に映るのかもしれない。

「授業は教本通りに進めてもらって構わないわ。それと、詳しいことは……」

楓がそう言ってあたりを見回した時、シスター姿の女性がひとりの女生徒を伴って職員室に入ってきた。

「あ、ちょうどよかったわ。詠美《えいみ》先生」

スラリとした美女が、楓の手招きに従って忍の前までやって来た。

確か以前に、病院の方で見掛けたよな……と、忍は記憶を辿《たど》るように、目の前の女性を見つめた。直接話をしたことはなかったが、確か末期症状に苦しむ入院患者や小児患者たちの、精神面をケアしている専属のシスターだったはずだ。

「詠美先生、紹介しておくわ。こちらは臨時講師の中川先生、聖ミカエル病院の小児科医で、ワタシの養子なの」

「あ〜、はい〜、中川さんのことは存じ上げております〜」

おっとりとした口調の詠美は、忍の顔を見てにっこりと微笑んだ。その穏やかで柔らかい笑顔は、まさにシスターに相応《ふさわ》しいものであった。

「よ、よろしくお願いします。詠美先生……でいいんですか？」

「はい～、片倉《かたくら》詠美です～。片倉でも詠美でも呼びやすい方でどうぞ～」

「じゃあ、あとはよろしくね、詠美先生」

二人を引き合わせた楓は、そのまま手を振って職員室から出ていった。授業の準備でもあるのだろうか、職員室にいる他の先生たちもなんだか慌ただしげにみえる。

その慌ただしさとはまるで無縁なように、

「中川さん、いきなりのお話で、困惑されたのではないのでしょうかぁ？」

と、詠美はどこか空気が抜けたような口調で尋ねてきた。

「え、ええ……まあ」

「がっかりしてはいけませんよ～。看護婦を育てることも、医療の一端を担う立派なお仕事なのですよ～」

詠美は柔らかな手でそっと忍の手を取ると、いきなり説教を始めた。

どうやら詠美は、この学校で精神看護論や博愛精神について教えているらしい。そのためか、おっとりとした口調ながらも、なんだか逆らいがたい雰囲気がある。

「聞いていますか～？」

「は、はい……モチロンですっ」

そう答えながらも、忍の意識はつい別の方へと向いてしまう。なぜなら、詠美は説教をしながら、忍の手を自分の胸に押しつけているのだ。

忍が男だということを忘れているのか、あるいは神の教えについて語る時には、その手のことにまったく気を回さないものなのだろうか……。

詠美がどう思っているのかとは別に、忍の方はいやでも意識せざるを得ない。

一見しても気づかなかったが、詠美は案外巨乳なのだ。手のひらには、ぷにぷにと柔らかい感触が一杯に拡《ひろ》がっている。

「あ、あの……詠美先生」

えへん、と咳払《せきばら》いしながら、詠美と一緒にやってきた女生徒が彼女の肘《ひじ》をつついた。

「あ、そうそう～」

詠美は忍の手をそっと返して説教を中断すると、その女生徒を押し出すように前に立たせた。かなり可愛《かわい》い娘《こ》だが、みるからに真面目そうで、眼鏡《めがね》の下に強い意志の感じられるキラキラと光る瞳《ひとみ》を持っている。

「中川さん。委員の娘を紹介しておきますね～」

「はじめまして、中川先生。クラス委員長の睦月知沙《むつきちさ》ですっ」

知沙はそう挨拶《あいさつ》をしながら、お下げ髪を振り回すように大きくお辞儀をした。

本当に紅葉たちと同じ歳なのか……と、疑わしくなるほど、しっかりとした印象だ。

「よろしく、睦月さん」

手を伸ばして握手を求めると、知沙は忍が差し出した手をジッと見つめたまま、頬を紅潮させて、その場に固まってしまった。

「……どうしたの？」

真っ赤な顔で硬直している知沙に、忍は小首を傾げて握手の手を伸ばす。

「い、いえ。なんでもないんです」

大きく頭を振ると、知沙はスカートに擦《こす》りつけて拭《ぬぐ》った手をおずおずと差し出し、そっと忍の手を握った。しっとりとした肌の感触が、手のひらに心地よく吸いつく。

握手した手を上下に動かすと、その動きにつられたように、忍の目の前で知沙の胸の膨らみが大きく揺れた。忍の目は思わずその胸に釘《くぎ》づけになってしまう。

「あ、あの、中川先生……」

近頃の若い子は発育がいいんだなぁ……と、胸を見つめたままでブンブンと手を振り回していると、知沙が困惑の表情を浮かべた。

「あ、ご……ごめん」

謝りながら手を離すと、忍の視線がどこに向けられていたのかを悟っていたらしく、知沙は両手で胸をかばうような仕草をみせる。

ジッと胸を見つめていたバツの悪さに、忍はフォローの言葉を失って苦笑したが、それは見られていた知沙の方も同じだったらしい。ふたりは互いにぎこちない笑みを浮かべて相手を見つめた。

「なんだか、盛り上がってるみたいですね～」

無言で忍たちの様子を見ていた詠美が、本気か冗談か分からないようなのんびりした口調で口を挟んだ。

「とにかく、これからよろしくね」

「はい、あの……実習授業の準備は、一応整えておきましたから」

「準備って、器材とかの？」

「そういうことは委員長の仕事なので」

きっぱりと言い放つ知沙の言葉に、忍は机の上にあった教員用の時間割を見た。

初日の第一時間目は「衛生実習」とある。機材の煮沸消毒や消毒用ガーゼの取り扱いを実習する授業だ。これら実習の準備をどうするかなど、考えてもいなかった。

「実習の時は私が準備しておきますから、中川先生はそのまま教室に来てください」

「そ、そうなんだ……ありがとう、睦月さん」

忍がポリポリと頭を掻《か》きながら礼を言った途端、見計らっていたように予鈴が響いた。

そのチャイムを合図に、それぞれの準備に専念していた他の講師たちが一斉に椅子《いす》から立

ち上がる。

「では～、頑張ってくださいね～」

詠美も自分の授業に向かうため、ひらひらと手を振って去っていった
「じゃあ、僕たちもいこうか」

机の上から「衛生実習」の教材を拾い上げると、忍は第一回目の授業に向うために、知沙と共に職員室を出た。


知沙が実習室のドアを開けると、中からは消毒液の匂《にお》いを凌駕《りょうが》するほどの、甘くむせかえるような女性の香りが溢《あふ》れ出してきた。

その香りに怯《ひる》みながら、実習室の中へと足を踏みれた途端、

「きゃあああああっ！」


と、女生徒たちの黄色い歓声が室内に響き渡った。

これだけの数の女の子が一斉に声を上げると、あまり聞き慣れていない分、耳がジンジンする。忍がその声に驚いて後退《あとずさ》りすると、再び歓声が上がる。

男の講師が珍しいのだろうが、これほどとは思いもしなかった。

それでも、知沙が「起立、礼」の号令を掛けると、とりあえずは静かになる。最初から舐められてしまわないように、忍はできるだけ毅然《きぜん》とした態度で自己紹介をした。

もっとも……忍の名前や素性は、噂《うわさ》として光よりも早く女生徒たちの間を駆けめぐっていたようで、誰《だれ》もがうんうんと頷きながら聞いている。

「先生がお喋《しゃべ》りになったわ！」

「すっきりと通る声で、いかにも殿方らしい感じですわね」

などと女生徒たちのヒソヒソ話が聞こえてくるが、手を振ったり、投げキッスをしたりする紅葉に比べると、ずっとマシだ。

忍はそれらを無視して授業を始めることにした。彼女たちのペースに合わせていたら、とても授業などできないだろう。だが、そんな忍の努力も実らず、最初の説明に入る前に、ひとりの女生徒が手を上げて質問をしてきた。

「あの……中川先生、ちょっとお伺いしたいことが」

「……なにかな？」

「あのですね～、紅葉ちゃんと先生とは恋人同士って本当ですかぁ？」

「…………」

忍は思わず言葉を失ってしまった。

「先生は独身ですか？」とか「彼女はいるんですか？」なんて類の質問は覚悟していたが、

いきなり紅葉とのことを聞かれるとは思ってもみなかったのだ。

「あ、あのねぇ……紅葉は、子供の頃から一緒に育った妹みたいなもので……」

「それは知ってます」

「でも、血は繋《つな》がってらっしゃらないとか？」

「紅葉ちゃんのこと、どう思っていらっしゃるんですか？」

ひとりが口火を切ると、女の子たちは一斉に質問をぶつけてくる。

「だから、ただの妹ぐらいにしか思っていないわけで……」

しどろもどろになりながら弁解したが、誰も忍の言葉など聞いていないように、輪を作って再びヒソヒソ話を始めた。

「妹みたいなもの……ということは妹じゃないわけで、恋愛対象にはなるわ」

「……馬脚をあらわしましたわね」

勝手な妄想を膨らませ、一斉に蔑《さげす》んだような目を向けてくる。

（一体、どうしろっていうんだ……？）

騒然としてきた実習室内の様子に、忍は泣きたくなってきた。

「あの……中川先生」

クラスの中でも大人しそうな感じの娘がおずおずと質問してくる。

「紅葉ちゃんと、その……近親相姦《そうかん》とかしてらっしゃるんですか？」

「…………………」

その外見に似合わない、あまりにも大胆な質問だ。忍が答えられずに困惑していると、

「確かに忍お兄ちゃんはわたしの彼氏だけどぉ、そこまで進んでは……」

と、当の本人である紅葉が、照れたようにフリフリと上体をくねらせた。

「こらこら、誰が彼氏だっ！」

「いよっ、ご両人っ！」

忍が慌てて否定の言葉を口にしようとすると、気配り上手な奈々菜が親友の気持ちを思いやってか、盛り上げるようにはやし立てる。

（……どうせなら、こちらの方にも少しは気を配って欲しいよな）

もっとも、ここまで来ては収まるものも収まらないだろう。口々に好き勝手なことを言い出す女生徒たちに、忍はただただ翻弄《ほんろう》されるだけであった。

このままだと授業どころではない。

「いい加減にしてください！　先生がそんなことをするわけないでしょう！」

委員長らしく知沙が声を張り上げて注意を与えると、女生徒たちのざわめきが一瞬だけ鎮まった。

「そうだ、このままでは授業ができないだろうっ」

知沙の援護の隙《すき》に実習室内の主導権を得ようと、忍は少し声を荒げて言った。

「睦月さんの言う通り、僕がそんなことするわけないし、紅葉とは彼氏彼女の関係じゃありません！」

「え〜っ……彼氏だって言いふらしちゃったのにぃ……」

彼氏宣言を否定されたことで、紅葉はガックリと肩を落としてしょげ返ってしまった。

だが、そんな紅葉の様子をみて、女生徒たちは再びキャアキャアとはしゃぎ始める。知沙が重ねて注意を促すと、しばらくは鎮まるが、すぐに元の大音量に戻っていく。

「あのねぇ……授業したいんですけど……」

講師としての経験がない分、忍は勝手に盛り上がり続ける女の子たちを前に、ただオロオロするしかなかった。知沙は完全に孤立しているし、紅葉は忍の彼氏宣言の否定にヘコんでいる。奈々菜にしても、他のみんなと同じように茶化しているのだ。

孤立無援になった忍が、如何《いか》にしてこの事態を収拾すべきか考えていると、
ガラガラガラッ！

と、突然、実習室のドアが開いた。

「ほらほら皆さん、今は授業中のはずですよ〜」

隣で授業をしていたらしい詠美が実習室に踏み込んでくると、そう言ってポンポンと手を打つ。すると、今まで立ち上がって騒いでいた生徒たちが一斉に席に着いた。

「皆さんは、はしゃぐために学校に来ているのですか〜？　それとも、学びに来ているの

ですか〜？」

詠美の言葉に、女生徒たちは一斉に俯《うつむ》いてしまった。おっとりとした口調ながらも、こういう場合はベテラン講師だけあってなかなかに頼もしい。

「若い殿方の先生で、皆さんが嬉しいのは分かります〜。でも、授業はきちんと受けてくださいね〜」

詠美がそう言うと、女生徒たちは一斉に「は〜い」としおらしく返事をした。

「ありがとうございます、詠美先生……」

「騒ぐ生徒たちもいけませんが、中川さんもいけませんよ〜」

ホッとした忍がペコペコと頭を下げると、詠美は困ったような表情を浮かべ、諫《いさ》めるような……それでいて優しく諭すように言う。

「はっきりとした態度を取らないから、みんな調子に乗ってしまったんですよ〜。教師として、なにごとにも自信を持ってキッパリと言わないといけませんね〜」

「な、なるほど……」

この場合は、紅葉の恋人宣言で事態がややこしくなってしまったのだ。だとしたら、ここは自分の口から、フリーであることを告げるのが一番だろう。

そう決心した忍は詠美に向かって頷いてみせると、

「君たちの想像と違って悪いけど、僕は大学時代からずっとフリーだ！」

と、女生徒たちに向かって大声で言った。

途端、隣接する左右の教室から、きゃあぁーっと一斉に女生徒たちの悲鳴が上がる。

「あちゃ～」

詠美も困ったように呟《つぶや》きながら顔をしかめた。

なにかマズイことを言っただろうか……と、忍は改めて実習室の女生徒を見回した。

彼女たちは、騒ぎこそしていなかったが、今までとは目の色を変えるようにして、忍をジッと見つめている。

「か、神は中川さんのことを見守っていらっしゃいますよ～」

詠美は忍に向かって十字を切りながら、慌てて教室を出ていった。

その不可解な態度に思わず首を捻《ひね》ったが、とにかく静かになった実習室で、忍はやっと授業を再開することができたのである。


「ふふふ、さっそく生徒たちの人気者になっているようね？」

職員室に戻ってくると、楓が面白そうに笑いながら近寄ってきた。

「じ、冗談じゃないですよ……まったく」

やっと一時間目の講義を終えたばかりだというのに、忍はすでに一日中の体力を使い果

たしてしまった気分であった。

「……紅葉のヤツが、誤解を受けるようなことを学校中に言いふらしたんですよ」

次の授業の準備をしながら、忍はブツブツと楓に向かって文句を言った。

こんな面倒な講師を押しつけたのも楓ならば、更に疲れる原因をつくった紅葉の母親も楓なのだ。少しぐらいの愚痴は許されるだろう。

「あはは、可愛いじゃない。そうやって『忍お兄ちゃんは私の！』って誇示してるのよ」

「あのねぇ……そのおかげで大変だったんですからね。だいたい……」

「まあ、その方がいいわよ」

更に文句を言おうとした忍を、楓は手で制するように宥《なだ》めた。

「迂闊《うかつ》に『僕は独身で恋人もいない』なんて口にしたら、なにが起きるか分からないから」

「……フリーだっていったら、なにかマズイことでも？」

忍はギクリとして楓を見た。

「そうねぇ、忍クンのルックスなら、間違いなく授業中に女の子たちの熱い視線が降り注ぐわね。そして靴箱には毎日のように大量のラブレター、お昼にはお弁当が一ダースは届く……ってところかしら」

楓がそう言って笑う姿を見つめながら、忍は顔からサッと血の気が引いていくのを感じていた。もしかしたら、とんでもないことを言ってしまったのかもしれない。

詠美もおそらく楓と同じことを予想していたのだろう。

あの女生徒たちのエキサイトぶりから考えると、これはモテそうだ……と、単純に甘い期待を持つどころではなかった。これから先、どんな騒ぎに巻き込まれるかと想像しただけで、目眩《めまい》すら感じる。

「僕……フリーだって言っちゃいましたよ」

ぼそっと告白した忍の言葉に、楓は笑みを凍りつかせ、

「そ、それは……大変な講師生活になりそうね」

と、めずらしく真顔で言った。


「……ったく、もうちょっと僕の立場も考えてくれよ」

忍は紅葉を中庭に連れ出すと、はぁーっと溜め息をついた。

昼休みになった途端、紅葉はお弁当を手に職員室に乱入してきたのだ。

ちょうど詠美が一緒に昼食を食べようと誘ってくれていた矢先のことだったので、紅葉は敵意剥《む》き出しの目を彼女に向けながら、

「忍お兄ちゃんには、わたしが責任を持って栄養を取らせますからっ！」

と、声高に宣言したのだ。

詠美はそんな紅葉を微笑ましそうに見つめていたが、今頃は職員室では他の職員たちがこの話題で盛り上がっているに違いない。そう思うと憂鬱《ゆううつ》になってきた。

忍はたった半日講師をしただけなのに、すでに校内での有名人になりつつあるのだ。

「ここでは、僕は教師なんだからなっ」

腕を組みながら不機嫌そうな声でそう告げると、紅葉は申し訳なさそうな表情で、上目遣いに忍を見つめながら、モジモジと指先を突き合わせる。

「ごめんね。その……困らせちゃって……」

忍の怒りが半端でないことを悟ったのか、紅葉は神妙な顔をしてペコリと頭を下げた。

今回のお弁当のことだけではなく、忍が不機嫌な態度をみせる原因は、女生徒たちを騒がせた「忍お兄ちゃんはわたしのもの」発言にあると思ったのだろう。

「まさか、こんなに大騒ぎになるとは思ってなかったから……」

ガックリと肩を落とした紅葉は、自分の爪先《つまさき》を見つめてボソボソと呟くと、

「……まだ怒ってる？」

と、忍の顔色を窺《うかが》うように囁《ささや》いた。

「どちらかというと呆《あき》れてるよ」

「あうぅ……もう言わないようにするよぉ」

自分のしでかしたことへの反省もあるのだろうが、それ以上に忍の怒りが自分に向けら

れることの方がこたえるようだ。

「なぁ、どうして僕が彼氏だなんて言ったんだ？」

忍は再び溜め息をつきながら訊《き》いた。

楓はただの独占欲だと言ったが、それにしては常軌を逸しているように思える。甘ったれたところはあるが、紅葉は決して常識知らずの娘ではないのだ。自分の言動が校内にどれほど波紋を投げ掛けることになるのか、想像できないはずがない。

「だって……わたし、忍お兄ちゃんの特別になりたかったんだもん」

「特別……？」

「特別は特別だよ。他の誰よりもわたしが好きで、わたしだけを見てくれるような……」

「……そんな都合のいい男はいないと思うぞ」

紅葉が言っているのは、まるで中高生の女の子が憧《あこが》れる理想の男性像だ。中学校から現在の看護学校に至るまで、ずっと女子校で過ごしてきたために現実の男というものが理解できていないのかもしれない。

「でも、お母さんは違うじゃない。忍お兄ちゃんは、うちのお母さんのこと好きでしょ？」

思わず苦笑した忍に対し、紅葉の口調が一転して攻撃的になった。

「おいおい……なんでここにいきなり楓さんの話が出てくるんだよ」

「忍お兄ちゃんは、うちのお母さんのことを特別な存在だと思ってるんでしょ？」

真剣な面持ちでそう訊いてくる紅葉の表情は、どこか痛々しいほど暗く沈んでいるように思える。忍はその表情を見た時、紅葉が一番意識しているのが、他ならぬ自分の母親であることを知った。

あの校内を騒がせた「恋人宣言」も、女生徒たちに向けたアピールではなく、楓に対する意思表示であったのだろう。

(なるほど……そういうことか)

忍はようやく紅葉の心理が理解できたような気がした。

楓は才色兼備を絵にしたような人物だ。おまけに、紅葉のような娘がいるとは、とても思えないほど若々しい。もちろん、欠点も幾つかあるのだが、欠点を欠点と感じさせないあたりが楓の器量というものだろう。

言われてみれば、忍にとって楓という母親のような存在は、確かに特別であったかもしれない。もちろん紅葉のいう特別とは違う意味でのことだが……。

「……楓さんは憧れだったからな」

長い沈黙のあと、忍は紅葉の質問にぽつりと呟くように答えた。そして、その言葉にギクリと身体を震わせた紅葉を正面から見つめる。

「紅葉にとっても、楓さんは特別な存在じゃないの？」

「そ、その特別とこの特別は意味が違うよ」

紅葉の瞳が、誤魔化さないで……と言っていたが、忍にとって正直な気持ちだ。

確かに楓に恋心を抱いていた時期もあったが、それはずっと過去の話だ。憧れと恋との区別がつかないような、幼い頃のことである。

「楓さんは憧れだよ、昔も今も……」

「じゃあ……わたしのことは？」

と、紅葉は語気を強めて問いただしてくる。

「紅葉は……そうだな、守ってあげたいと思える存在かな」

「それって、やっぱり妹みたいな存在として？」

「どうだろうな……昔と今が違うように、未来は今と違ってるかもしれないし」

「じゃあ、じゃあ、可能性はあるってことだよねっ☆」

忍の返答に機嫌をよくしたのか、紅葉は満面の笑みを浮かべ、とすん、と体当たりするように忍に抱きついてきた。

「お、おいちょっと……」

「よかったぁ。もうずっと妹としてしか見てくれないのかと思ったぁ」

すりすりと忍の肩に頬擦りしながら、紅葉は嬉しそうに呟いた。

「こ、こらっ、離れろってば！」

妹のような存在とはいえ、こうまであからさまな行動に出られると、忍といえども多少

はおかしな気分になってしまう。ましてや、ここは学校内なのだ。こんなところを見られたら、今度はどんな騒ぎになるのかしれたものではない。

「お前は……これ以上、僕を有名人にしたいのか？」

「あっ、そうだったね」

紅葉はハッとしたように身体を離した。

忍を自分だけのものにしておくためには、他の女生徒たちに興味を持たれるのは避けたいのだろう。もっとも、その気持ちから出た行動は今のところすべて裏目に出ているが。

「じゃあ、お弁当一緒に食べてくれる？」

「し、しかし……」

「一緒に食べようよぉ〜」

「しかし、その……なんだ、教師と生徒がだな……」

「大丈夫！　奈々菜ちゃんとか、よくうちのお母さんとゴハン食べてるし」

紅葉は近くにあったベンチにちょこんと座ると、鞄《かばん》の中から弁当箱の包みを取り出した。

なんか違うような気もするが、忍には他に選択の余地はなかった。これからでは学食にいっても、たいしたものは残っていないだろう。かといって、昼食抜きでは午後からの授業に差し障りがある。

「……分かった。一緒に食べるよ」

「やったぁ☆　忍お兄ちゃんのために、一生懸命作ったんだから」

紅葉は嬉しそうに言いながら、弁当箱のフタを開けた。その中身を見て、忍は思わずのけ反りそうになった。

弁当の中心には、そぼろで巨大なピンク色のハートマークが描かれているのだ。

これ以上はないというぐらい、ベタベタの愛情弁当である。おまけにハートマークの下には、海苔《のり》で文字まで入っているという凝りようだ。海苔がズレて、「スキ」という文字が「ヌキ」になっているのはご愛敬というものだろう。

「美味《おい》しそうでしょ？」

確かに見掛けはきれいにできているが、忍は今まで紅葉が作った料理というものを食べたことがなかった分、多少の不安はあった。

「そ、それじゃあ……頂くとするか」

忍はそう言って箸《はし》に手を伸ばそうとしたが、それを紅葉が横からサッと奪い取る。

「えへへ……わたしが食べさせてあげる」

「マ、マジっすか……」

「マジっすよ。あ～んするっす。わたしが愛情を込めて食べさせてあげるっす」

弁当箱を手にとると、紅葉は嬉しそうにおかずを箸で摘《つま》み上げ、ゆっくりと忍の口元へと運んだ。さすがに気恥ずかしかったが、幸いなことに、あたりには他の女生徒たちの姿

はない。忍は観念して、紅葉の運んできたおかずを口にした。

「ど、どうかなぁ……？」

「美味い」

忍は素直な感想を口にした。

まだ舞岡家にいる頃は、紅葉がキッチンに立つ姿など見たこともなかった。紅葉が幼かったせいもあるのだが、その頃の印象しかない忍は驚いてしまった。ベテランの楓と比べても遜色《そんしょく》ないほどの腕前だ。

思わず唸り声を上げた忍に向かって、紅葉は小さくガッツポーズを取った。

「どう？　ちょっとはわたしのこと見直した？」

「見直した見直した。なかなかやるもんだ」

「わたし、いいお嫁さんになれそうだよねっ！　この果報者っ☆」

ツンツンと忍の脇腹《わきばら》を肘で突つきながら、紅葉はニッコリと微笑んだ。


「……おや？」

紅葉との昼食を終えて校舎に戻ってくると、ある教室のドアの前で、大勢の女生徒たちが室内を窺うようにしてたむろっている。

「どうして教室に入らないんだい？」

女生徒たちに近づくと、忍はその中に奈々菜の姿を見つけて訊いてみた。

「えっ……あ、センセ。あの……いま教室の中で揉《も》めてるんです」

奈々菜はそう言って気まずそうな表情を浮かべた。

「揉めてる？　誰かがケンカでもしてるの？」

忍は眉《まゆ》を顰《ひそ》めると、ドアの隙間からそっと教室の中を覗き込んでみた。

室内では、知沙と三人の女生徒たちが睨《にら》み合うようにして対峙《たいじ》している。その様子を見た忍は、彼女たちが揉めている理由を瞬時に理解した。

おそらく、原因はさっきの授業中のことだ。

詠美が来てくれたことによって、一時間目以降は静かに授業を聞いていたのだが、昼休みが近づくにつれて徐々に騒がしくなっていった。

女の子が三人寄れば姦《かしま》しいとはいうが、その十倍もいれば手もつけられない。

中でも、知沙と対峙している三人はもっともうるさい連中で、

「中川先生ーっ、もう今日は自習にしませんか？」

「授業よりも、先生の体験談とか、そういうのを聞かせてください」

などと、好き勝手なことまで言いだしたのだ。

さすがにムカッときたが、うるさいのはこの三人に限ったことではなく、大多数の女生

徒たちが、授業とは関係のない話で盛り上がっている。

ここはひとつ、怒鳴り声でも上げて沈静化を図ろうかと思った時、

「授業が聞こえません、静かにしてくださいっ」

と、不意に立ち上がった知沙が、騒いでいた女生徒たちを一喝したのだ。

さすがに委員長だけのことはあって、ざわめいていた教室は一瞬にして静かになった。

生徒に助けられるとは情けない話だが、忍は知沙のおかげで、なんとか授業を進めることができたのである。

だが、知沙に注意された女生徒たちは、それが面白くないのだろう。

皆一様に不機嫌そうな表情を浮かべていたし、中でもあの三人組は、それを直接知沙にぶつけようとしているらしい。

「睦月さん、なんの権利があって偉そうに振舞ってるのよ」

「そうそう、中川先生に気に入られようとしちゃって……」

「友達同士で会話して、どこが悪いの」

ドアの隙間から聞き耳を立てると、案の定、知沙を糾弾する三人組の声が聞こえてきた。

(どうするべきかな……)

忍は知沙たちを見つめながら、ここで仲裁に入るべきかどうか迷ってしまった。

生徒同士の諍《いさか》いに講師が口を挟むのはどうかとも思うのだが、放って置くわけにもいか

ないだろう。特に今回の場合は、忍の授業が原因なのである。

「……訊きたいことがあるんですけど」

忍が悩んでいると、知沙が三人組に向かって凛《りん》とした態度で応じる声が聞こえてきた。

彼女は三人の強硬かつ理不尽な態度にたじろぎもせず、冷静な表情を浮かべている。

「まず、なんの権利があって授業を妨害するの？」

静かな声で、知沙は三人組のひとりに問い掛けた。そして、同じように他の二人にも、視線を向けながらひとつひとつ反問するように言う。

「先生に嫌われようとするより、気に入られる方がいいと思わない？　それに……静かに授業を受けて、どこが悪いの？」

知沙の完璧《かんぺき》な正論に、三人組はグッと呻《うめ》いたまま言葉を失ってしまった。

だが、それで納得するはずはない。知沙の言葉が正論であるだけに、三人組は余計に彼女に対して反感を感じるのだろう。

「……ひとりだけいい子ぶって」

「だから、ろくに友達もできないのよっ！」

「先生に取り入って、いい病院でも紹介してもらおうって魂胆なんでしょ？」

三人は憎々しげに舌打ちをすると、無表情のままの知沙を睨みつけた。

（この展開は、ちょっとマズイな……）

いくら知沙が冷静だとはいえ、相手が感情的になると収拾がつかなくなる恐れがある。

ここらが潮時だろうと判断した忍は、わざと大きな音をたててドアを開けた。

「あれ？　四人しかいないの？」

重い空気を漂わせている教室内に入ると、忍は三人の気まずそうな雰囲気に気づかない振りをしながら室内を見回した。

「四人でなんの話をしてたの？　なんだか盛り上がってたみたいだけど」

「えっ……あ、あの」

「なんの話を……と言われても……」

忍がひとりひとりの顔を順番に覗き込んでいくと、三人組は困ったように顔を見合わせながら言葉を濁したが、やがて、そそくさと教室から出ていった。

「睦月さん、悪いね。損な役をやらせちゃって……」

「……最初から聞いてらっしゃったんですね」

忍が申し訳なさそうな顔を向けると、知沙は苦笑いを浮かべる。

「こういう場合、臨時講師としてはどうしていいのか迷ってね」

「気にしないでください……いつものことですから」

知沙は寂しそうな表情で呟くと、自分の席へと戻っていく。忍は掛けるべき言葉をみつけることができず、無言でその後ろ姿を見送った。

第二章　女生徒たちの想い

忍が講師になって一週間が過ぎた。

ようやく授業を行うことには慣れてきたが、学校生活自体は決して平穏とは言えない日々が続いている。そもそもの原因は紅葉の「恋人宣言」にあるのだが、実際にはこちらの方はうやむやになりつつあった。問題はそのフォローのために、忍自らがフリーであると言ってしまったことにある。

楓が予想した通り、その直後から、女生徒たちは忍に対して一斉に強烈なアプローチを開始してきたのだ。

ラブレターなどはあたりまえ。

授業中にスカートをめくって見せたり、テスト用紙の裏に愛の告白をしたりと、その勢いは日に日に強くなっていた。

今朝などは、なんのつもりなのか、教壇の上に脱ぎたてパンストが置いてあったほどだ。この調子でいくと、パンストがショーツに変わる日もそう遠くないだろう。

（……完全におもちゃにされてるもんなぁ）

放課後の廊下を歩きながら、忍はハーッと溜《た》め息《いき》をついた。

このままでは、講師を辞めるまでマトモな日常を送れそうにない。なんとかしなければならないことを自覚しながらも、忍にはなす術《すべ》がなかった。

女の子ばかりの学校なのだから、多少は旨味《うまみ》があるのではないかと期待していた分、落

胆も大きかったのである。

（詠美先生にでも相談してみようかな……）

ちょうど楓に頼まれて、詠美に連絡用のプリントを届けにいく途中なのだ。そのついでに話をしてみるのもいいかもしれない。本来は楓に相談するべきなのだが、彼女は忍の災難を楽しんでいる節がある。

やはり、他に相談すべき相手は詠美しかいないだろう。

「ん……？」

聖堂へ向かって歩いていると、ある教室から楽しそうな笑い声が聞こえてきた。

声からすると、どうやら紅葉と奈々菜のようだ。

（あの二人は本当に仲がいいなぁ）

忍は教室の前で足を止めると、少しだけドアを開けて中の様子を覗《のぞ》いてみた。どうせ誰《だれ》もいなくなった教室で、雑談でも楽しんでいるのだろうと思ったのだが……。

「……っ⁉」

忍は思わず声を上げてしまいそうになった。

教室の中では、紅葉と奈々菜がはしゃぎながらお互いの服を脱がせあっているのだ。

まさか、あの二人は単に仲がいいだけではなく、禁断の花園に足を踏み入れようとしているのだろうか？

忍はゴクリと喉《のど》を鳴らしながら、ジッとドアの隙間《すきま》から二人の様子を窺った。

「わぁ……なんか、袖《そで》を通すだけでドキドキしてくるよぉ」

「うんうんっ！　無理を言って、お母さんに頼んだ甲斐《かい》があったよねっ！」

紅葉たちは下着姿になると、今度は持参していたナース服をいそいそと着込み始めた。

聖ミカエル病院で正規の看護婦たちが着ているナース服のようだ。

なるほど……と、忍は密《ひそ》かに頷《うなず》いた。

二人とも、まだ戴帽式《たいぼうしき》も終えていない身なのだ。それだけに、本物のナース服には憧《あこが》れがあるのだろう。だから、紅葉が楓に頼んで手に入れたナース服を、二人は誰もいなくなった教室で試着しあっているらしい。

「あれれ……？　このナース服、ボクにはちょっと大きすぎるかな？」

ブカブカのナース服を纏《まと》いながら、奈々菜は困ったような表情で自分の姿を見つめた。

「あ……本当だ、奈々菜ちゃんにはちょっと大きいみたいだね」

「今、紅葉ちゃんが着てる方は？」

「う～ん、わたしにはぴったりだけど……今度はこっちを着てみる？」

（なんだか、二人とも可愛《かわい》いよな……）

忍も白衣に憧れた時期があるだけに、二人の気持ちは十分に理解できた。

まあ……それはそれとして。

忍は思わず鼻息を荒くしながら、服を交換するために、再び下着姿になった二人の身体《からだ》に視線のピントを合わせた。

紅葉はイチゴ柄のブラとショーツ。奈々菜は水色と白のストライプ柄の上下だ。どちらも可愛いが、成熟度は紅葉の方が若干いいようだ。無論、奈々菜の方も負けないほど見事なスタイルの持ち主である。

忍は二人の姿に興奮しながら、何度も生唾《なまつば》を飲み込んだ。

「ん〜……ダメみたい、やっぱり、ボクにはどっちも大きすぎるよ」

「そっかぁ……残念だね、せっかくナース服着れるチャンスだったのに」

紅葉が申し訳なさそうな表情を浮かべる。

「いいよぉ、そんなに責任感じなくったって。それよりも紅葉ちゃん、ナース服すっごく似合ってるよ？」

「本当？　わたし、看護婦っぽく見えるかなぁ？」

「うんっ、バッチリ！　これならセンセもイチコロだよ♪」

奈々菜は指で銃の形を作り、紅葉の胸の部分をバンッと撃つ素振りをしてみせた。

「誰がイチコロなんだっ、誰が！」

と、忍は心の中でツッコミを入れた。

どちらかというと、ナース服よりもショーツ姿の方が悩殺度が高いのだが……。

「奈々菜ちゃん、見て見て！　セクシーアタック！」

ナース服の裾《すそ》をチラリとめくりながら、紅葉が自分のショーツをチラリと奈々菜に見せたりしている姿は、ナース服もいいよなぁ……と思わせたりもする。

（う～ん、いいものを見せてもらった）

女の子ばかりの学校に来て以来、初めておいしい場面への遭遇だ。

忍は室内の紅葉たちに気づかれないうちに、前屈《まえかが》みのまま、そっとその場から離れることにした。ふたりの下着姿をじっくりと堪能してしまったために、股間《こかん》はいつの間にか元気になってしまっていたのだ。

聖堂は校舎の隣に隣接して建っている。

なかなか訪れる機会がなく、中に入るのは初めてであったが、内部は忍が想像していたよりずっと立派な造りであった。

天井近くの壁にはめ込まれたステンドグラスから陽光が差し込み、正面のマリア像を柔らかな光で照らし出している。厳かな雰囲気が、室内を包み込んでいるようだ。

忍はそんな室内をぐるりと見回し、祭壇の前で祈りを捧げている詠美の姿を見つけた。

彼女は宙で十字を切りながら、熱心に祈りを捧げている。

「主よ……あなたは万物の創造主であり、私たちの救いの手でもあります」

詠美のよく通る澄んだ声が、聖堂の中に響きわたった。普段のおっとりとした様子とは違い、その姿は毅然《きぜん》としている。

「主よ、どうか私たち迷える子羊に、進むべき……」

一段と深く頭を下げた詠美が、突然、祈りの言葉を中断させた。

「……？」

そのままジッと詠美の姿を見つめていたが、彼女は一向に続きを口にしようとしない。もしかして、黙って見ているのに気づいたのだろうか……と、忍はゆっくりと詠美に近づいていった。

「あ、あの……ごめんなさい。邪魔しちゃったかな？」

おそるおそる声を掛けてみるが、詠美は押し黙ったまま身動き一つしない。

「邪魔する気はなかったんですよ。その……ちょっと用事があったんですけど、お祈りに興味があったもんだから、つい……」

「…………………」

「……詠美先生？」

弁解の言葉にもまったく反応を示さない詠美に不安を感じ、忍は彼女の前に回り込むと、そっと顔を覗き込んでみた。

「あう……」

詠美はお祈りを捧げた姿のまま、気持ちよさそうに居眠りをしている。どうやら途中で声が聞こえなくなったのは、そのまま寝入ってしまったためらしい。

（う〜ん、詠美さんらしいというか、なんというか……）

忍は苦笑しながら詠美の寝顔を見つめた。

目を閉じ、祈りのポーズを取りながら眠っている詠美は、まるで聖母マリアの像のように美しい。そんな清楚《せいそ》な雰囲気にドキドキしながら、忍は時間を忘れて詠美を観察した。

「……ん」

気配を感じたのか、詠美は不意に目を覚ますと、まだ少し眠たそうな様子でぼんやりとした目を忍の方に向ける。

「おはようございます、詠美先生」

「中川さんじゃないですか〜、どうなさいました〜？」

詠美はパチパチと瞬きをしながら、いつもの間延びした口調で小首を傾げた。

「ちょっと用事があって、来たんですよ」

忍は楓から預かっていたプリントを渡した。

「そうですか〜……すいません。ちょっとウトウトしちゃったみたいで〜」

詠美は悪びれた様子もなく、そう言って笑顔を浮かべる。

「お祈りをしていると、心が安らかな気分になって、ついウトウトしちゃうことがあるんですよ～」

「でも、お祈り途中で……いいんですか？」

忍の感覚からすると、なんだか不謹慎な感じがするのだが、

「大丈夫だと思いますよ～」

と、詠美はにこやかに言った。

「お祈りすることで心安らかになれば、それでいいのではないでしょうか～。お祈りは願掛けとは違いますから、神に祈って楽になることが救いだと思いますよ～？」

「はあ……」

そんなものだろうか……と、忍は正面にあるマリア像を見つめた。

「人間は色々と悩みを抱えているものです～。こうやって定期的に安らぎを得ないと～」

そう呟《つぶや》いた詠美は、ふと思い出したかのように忍の顔を覗き込んだ。

「そういえば……どうですか～？」

「なにがです？」

「学校の生活ですよ～。色々とお困りなのではないでしょうか～？」

ちょうどその相談をしようと思っていたところだったので、忍は詠美の言葉に深く頷いてみせた。

「まぁ……確かに女子校は初めてのことばかりで、少し戸惑ってる部分もありますね」

「やはりそうでしたか〜。……でも、ここの生徒たちは、中川さんのことを気に入ったみたいですよ〜」

詠美もそんな忍につられるようにして苦笑を浮かべる。

「そ、そうなんですか？」

「女生徒たちは、みんな中川さんのことを素敵な人だって噂《うわさ》してますし〜」

「はあ……」

噂してくれるのは結構だし、好意を見せてくれるのもありがたい。だが、それらはもう少し控えめであって欲しいものだ。ここでの噂は無責任な上に、原形をとどめないほどに尾ひれがつくものばかりだし、好意の表現も過激な内容ばかりが目につく。

「私は彼女たちとよく話をしますので、中川さんの噂は聞き及んでます〜。女生徒たちの信頼を、こんなに短期間で得られるなんてすごいと思います〜」

詠美はそう言いながら嬉《うれ》しそうにうんうんと頷いてみせたが、

(あれは信頼というのだろうか？)

と、忍はこの数日間にあった出来事を思い返した。

「……中川さん」

不意に改まった口調で呼び掛けると、詠美は少し頬《ほお》を赤らめながら、慈愛に満ちた眼差《まなざ》

して忍を真っ直ぐに見据えた。

「私も、中川さんのことを素敵だと思います～」

そう囁《ささや》くように言うと、詠美はゆっくりと忍の手を引き寄せる。

「え、詠美先生？」

「……シスターだって、ひとりの女なんですからね～」

突然のことに動揺した忍に向かって、詠美は潤んだ瞳《ひとみ》を向けた。


（あれは、やはり僕が好きだってことだよなぁ……）

詠美の態度を思い出すと、思わず頬が弛《ゆる》むのを抑えることができなかった。

過激なアプローチが続く中で、詠美が控えめな好意を示してくれたのは、忍にとってなによりも嬉しいことであった。少なくとも紅葉や他の女生徒とラブラブになるよりは、ずっとマトモだろう。

いや……待て待て、今は熱病みたいな好意を寄せてくる連中ばかりだが、中には本当の恋心を持つ女生徒だっているはずだ。だとすれば、相手を詠美だけに絞ってしまうのは惜しい気がする。

（ここはじっくりと構えた方が……）

などと、詠美の言葉をきっかけに、忍はすっかり舞い上がってしまっていた。最初に抱いていた甘い期待が再びムクムクと頭をもたげ始めてくる。

仕事を終えた忍は、久しぶりに明るい気分で校舎を出た。

すると、前方にはひとりで校門へと向かう、知沙の後ろ姿がある。まだクラブ活動などで学校には大勢の者が残っている時間だが、どうやら彼女は帰宅組のようだ。

「おーい、睦月さーん」

手を振りながら声を掛けてみると、知沙は歩みを止めて振り返った。忍は少し小走りになって、彼女の元へと駈《か》け寄った。

「睦月さんも、今から帰宅するの？」

「あ……はい。明日は実習授業があるので、早めに帰って予習しておこうと思いまして」

「そ、そう……」

あまりにも生真面目な答えが返ってきたので、忍は言葉に窮してしまった。

自分の学生時代といえば、授業が終われば遊ぶことしか考えていなかったような気がする。もちろん、医師の国家試験に受かるために勉強はしていたが、知沙のように学校と家を往復するだけの生活ではなかった。

「睦月さんは……友達と一緒に帰ったりしないの？」

「えっ……？」

「だから途中まで一緒に帰ったりとか、寄り道したりとか……」

「……私、そういう友達っていないんです」

俯《うつむ》きながらそう呟くと、知沙は少し寂しそうにため息をついた。

「紅葉とか吉野さんは、睦月さんのことを気に掛けてるみたいだけど？」

「舞岡さんも、吉野さんも優しくはしてくれますけど……特に仲がいい、というほどでもないんです」

知沙は手にしていた鞄《かばん》をギュッと抱きしめると、

「私……いい子ちゃんらしいですから」

と、自虐的に呟いて、悲しそうな表情を浮かべた。

確かに、しっかりして大人びている分、知沙はクラスの中でも少し浮いた存在である。それで他の女生徒とケンカになったこともあった。講師には受けがよいだけに、孤立してしまう面もあるのだろうが……。

「……そういう言い方は好きじゃないな」

忍は知沙を促し、並んで歩きながら校門をくぐった。

「自分の位置を低くすることはないよ。自然な位置にいればいい」

「自然な……位置ですか？」

知沙は忍の言葉の意味を探るように小首を傾げる。

「自分を卑下することはないってことさ」

「でも……私も友達は欲しいです」

そう呟くように言うと、何人かで固まって帰宅する女生徒たちの後ろ姿に、知沙は羨望《せんぼう》の眼差しを向けた。

「ああやって一緒に帰ったり、寄り道したり、男の子の話をしたり……」

「うん、そういう友達がいれば、看護婦になってからも色々な面で助けになるよ」

「……でも、上手《うま》く人間関係を築くことができないんです」

小さく首を振ると、知沙はうっすらと目に涙を溜めて忍の顔を凝視した。

（まいったな……）

忍にしても、人間関係について深く語れるほど人生経験があるわけではないのだ。

だが、知沙の真剣な悩みになにも言わないというのも、講師として……年上の者として無責任なような気がする。

「先生は……先生はどうやって、お友達を作ったんですか？」

忍が困惑しているのに気づいたのか、知沙は具体的な質問をした。

「どうやって、と言われてもなぁ……」

「先生が羨《うらや》ましいです、たくさんの人から慕われて……生徒たちの憧れの的で」

「それは、好かれようとしてるわけじゃないからだよ」

禅問答のような忍の回答に、知沙は不思議そうな表情を浮かべて忍を見た。

「好かれるっていうのは、たぶん僕が素のままだからだろうな」

「素……ですか？」

「そう、別に飾ってもないし、自分の思うように行動してるしね」

「それって、わがままも一緒に出てしまいませんか？」

知沙はかすかに眉根《まゆね》を寄せた。

「でも、それを許して余りある長所も一緒に出るんだよ。つまり……いいところも悪いところもひっくるめて好きになってくれる人が、本当の友達じゃないのかな？」

「素直に……行動するってことですか」

忍の言葉に、知沙は考え込むように俯いてしまった。

頭がいいだけに、物事を考えすぎるのが問題なのだろう。感じたことをそのまま表に出してしまえばよいのだ。人に好かれるのに理由などない。

友達は作るものではなく、なるものなのだと……と知沙が気づけばよいのである。

忍はなんとかそれを教えようと、乏しい語彙《ごい》を駆使して喋《しゃべ》り続けた。その熱意が伝わったのか、やがて知沙はふっと笑みを浮かべて顔を上げた。

「少しですが……分かったような気がします、中川先生」

「そ、そうか、ちょっとは気が楽になったかな？」

どこまで自分の言葉が通じたのか不安になって、忍はおそるおそる問い掛けた。

「はい……やっぱり、中川先生はすごいです」

「僕がすごいんじゃない。睦月さんが素直だからだよ」

「そ、そんなこと……ないです」

頬を染めた知沙の横顔を見つめながら、忍は彼女が明るい表情をみせたことに、ホッと胸を撫《な》で下ろした。


「あれ……？」

千紗と別れて駅前の本屋に立ち寄った忍は、店内に奈々菜の姿を見つけて足を止めた。

この本屋は医療関係の書籍が充実しているために頻繁に利用している。今日も定期購読している医療雑誌を購入するためだったが、奈々菜はその目的のコーナーで、熱心になにかの本を立ち読みしているのだ。

「へえ……感心なものだ」

忍は思わず独り言を呟きながら、そっと奈々菜に近づいた。

看護学生だけあって、本屋でも医療系の本を手にしているらしい。紅葉なんか、学校の教科書以外は漫画しか読まないなどと言っていたのに……。

「やあ、吉野さん。奇遇だね」

「キャッ！」

忍が軽く肩に手をやると、奈々菜は飛び上がるように驚いた。声を掛けた忍の方が驚いてしまうほどのリアクションだ。

「セ、センセ……どうしてここに？」

「本を買いに来たら、偶然、吉野さんを発見しちゃってね」

「あは、あはは……そうですか、なるほど」

ウンウンと頷きながら、奈々菜は手にした本をさりげなく背後に隠そうとする。

「吉野さんは参考書探し？　どんな本を読んでたの？」

興味を覚えた忍は、奈々菜の手元にある本を覗き込んだ。

「あうっ……」

奈々菜は忍の視界から本を遠ざけようとしたが、慌てていたために、逆に床に落としてしまう。

バサッ！と、音を立てて床に落ちた本のタイトルは「生殖と妊娠について」であった。

「……なるほど。吉野さんはこういうことに興味があるのかぁ」

「セ、センセの意地悪ぅ～！」

奈々菜は本を拾い上げながら、半ば諦《あきら》めたような笑顔を忍に向けた。

「いやいや、看護婦になるなら大切なことだと思うぞ」

「た、大切……ですか？」

不思議そうな表情を浮かべながら、奈々菜は小首を傾げて忍を見つめた。

「こういった分野の看護は、肉体的にだけじゃなくて、精神的にもケアが必要だからね」

「あ……楓先生も同じことを言ってました」

そう言いながら、奈々菜はコクコクと頷いた。

「だから、全然恥ずかしがることなんてないよ」

「そうかもしれませんけど……やっぱり恥ずかしいですぅ」

奈々菜は頬を赤く染めると、モジモジと恥ずかしそうに身体をくねらせた。学校での勉強のためだけではなく、個人的に興味があったことは明白である。

吉野さんもそういう年頃《としごろ》なんだよなぁ……と、忍はしみじみと思った。

「まあ、吉野さんが勤勉な少女だと分かっただけでも収穫だな」

「あ、あんまりからかわないでくださいよぉ……」

奈々菜は恥ずかしそうに顔を手で覆い隠した。

そんな姿を見ていると、これ以上からかうのは可哀想《かわいそう》な気がして、

「吉野さんは確かテニス部だろ？　今日はクラブ休みなの？」

と、話題を変えてやることにした。

「はい。今日はお休みです」

奈々菜はホッとしたように笑みを浮かべる。

「確か……紅葉も同じテニス部なんだよね？」

「あはっ、やっぱり愛する紅葉ちゃんが気になりますか？」

「……なんでそうなるの？」

「ボク、こう見えても紅葉ちゃんとセンセの仲、応援してるんだから」

パシパシと忍の肩を叩《たた》きながら、奈々菜はニッコリ笑ってみせる。

「あ、あのねぇ……前にも言ったけど、紅葉は妹みたいな存在であって、恋人とかそんなんじゃないんだよ」

「え～？　でも、紅葉ちゃんはそうは思ってないみたいですよ？　センセは紅葉ちゃんのことを、恋愛対象として見てないんですかぁ？」

「……今はまだ考えてない」

正直に答えると、奈々菜は興味深そうに忍の顔を覗き込んできた。

「他に好きな人がいるとか……？」

「それも前にも言った通り、今は完全にフリーだよ」

忍の反応を面白そうに見ながら、奈々菜は忍の返事にいちいち頷いてみせる。

「それじゃ……ボクが立候補してもいいですか？　センセの恋人に……」

「学校じゃ新任の講師をからかうのが流行《はや》ってるの？」

「ダメ……ですか？」

忍はうんざりとした表情で奈々菜を見たが、彼女は意外にも今までみせたことのないような、真剣な表情を浮かべている。

「吉野さん……君は本気で？」

思わず身を乗り出して訊《き》き返そうとすると、

「なぁ～んてね♪」

と、奈々菜は忍の言葉を手で遮った。

「冗談ですよ、冗談。そんな真剣な顔されたらボク困っちゃいますよ～」

「なんだ……」

忍はガックリと肩を落とした。

（ホッとしたような、残念なような……）

「でも、もし……もしもですよ、ボクが本気だったとしても……センセはボクの親友が好きな人だから」

健気《けなげ》に笑って呟く奈々菜の真意を計りかねて、忍は彼女の顔をジッと見つめた。

「センセ、紅葉ちゃんのこと真剣に考えてあげてください。ボクからもお願いします」

奈々菜はペコリと頭を下げると、忍が呼び止める間もなく、その場からあっという間に

駆けだしていった。その後ろ姿を見つめていると、本当にさっきのことは冗談なのだろうか……という気分になってくる。

どちらにしても、紅葉が羨ましい。あれほど友達のことを想《おも》ってくれる人物には、なかなか出会えないものだ。

(紅葉がちゃんとそのことに気づいてくれているといいのだが……)

目的の雑誌を購入して本屋を出ながら、忍がそう考えて溜め息をついた途端、

「あっ、忍お兄ちゃん！」

と、その紅葉本人が、買い物かごを腕に掛けたまま駈け寄ってきた。

忍が商店街にいることがよほど珍しかったのか、紅葉は大きく目を見開きながら、小首を傾げている。

「紅葉……買い物か？」

「うん、夕食のおかずの材料を買いに来てるの」

そう答えた紅葉は、買い物かごに入った野菜を忍の前に掲げてみせた。

「楓さんは一緒じゃないの？」

忍が楓の姿を探してあたりを見回すと、紅葉は苦笑しながら小さく首を振った。

「お母さん、今夜は夜勤で帰ってこないから、わたしひとりでお留守番なの」

「夜勤……って、楓さんは、今日ずっと学園で働いてたのに？」

「今でもね、付属病院の看護婦さんからピンチヒッターを頼まれることがあるんだよ」

紅葉はそう呟いて、寂しそうに肩をすくめてみせる。

「そうか……そうだったよな」

忍が舞岡家で世話になってた時にも、楓は突然の夜勤で帰ってこないことがあった。

「寂しくないか？　誰もいない家で留守番なんて……」

もうそんな年でないことは十分に承知していたつもりだが、昔のことを思い出していただけに、忍はついそんなことを口にしてしまった。

「あ……珍しいね、忍お兄ちゃん。わたしのことを心配してくれてるんだ？」

嬉しそうにそう呟くと、紅葉は買い物かごを後ろ手に持ち、忍の顔を覗き込むようにしてニッコリと微笑《ほほえ》んだ。

「し、心配というか……その、一応はな」

「うん……寂しいと言えば寂しいけど、子供の頃からずっとだから慣れちゃったよ」

「……そうか」

忍はポリポリと頬を掻《か》く紅葉の頭をそっと撫でた。すっかり女性らしくなったとはいえ、やはり忍には幼い頃の紅葉の印象が根強く残っているのだ。

「そうだ！　忍お兄ちゃん、よかったらうちで晩御飯食べていかない？」

「な、なにを突然……」

突然、頭を上げた紅葉に驚いて、忍は思わず上半身をのけ反らせた。

「うんっ☆　それ、すっごくナイスアイデア！　ねっ！　そうしよっ！」

いきなり話題が変わったことに戸惑っていた忍の手を取ると、紅葉は何度もひとりで頷きながら、グイグイと引っ張っていこうとする。

本人の意志などまったく無視しているが、とりあえずは手料理にありつけるだけいいか……と、忍は紅葉に引きずられながら思った。

キンピラごぼう、金目鯛《きんめだい》の煮つけ、ほうれん草の胡麻和《ごまあ》え、肉じゃが……。

意外にも、紅葉が作る手料理はしっかりとした家庭料理だった。てっきり、カレーライスやチャーハンが出てくるものだと思っていた忍は、紅葉の手腕に感心してしまった。

「弁当の時も思ったけど……紅葉って本当に料理が上手いんだな、ちょっと驚いたぞ」

「本当にって……どういう意味？」

ピタリと箸《はし》を止めた紅葉は、忍の言葉の意味を探るように顔を上げた。

「ひょっとしたら楓さんが手を貸しているのかと……」

「そんなことないもんっ！　わたし、全部自分の力でお料理したんだよっ」

紅葉は頬を膨らませながら忍の顔を睨《にら》みつける。確かに……料理の準備をしている様子

を横で見ていたが、紅葉の包丁さばきは大したものだった。

「あの小さかった紅葉がねぇ……時の流れは速いもんだ」

箸を口にくわえたまま、忍は腕を組んでしみじみと深く頷いてみせる。

「この調子だと、紅葉はいいお嫁さんになれるぞ」

「えっ……？」

少し驚いたような表情を浮かべながら、紅葉は忍の顔をジッと見つめてきた。その表情には、困惑、不安、寂しさなどが含まれており、理由は分からないものの、なんとなく気まずい雰囲気になった。

「あの……紅葉？」

「どうして……どうしてそんなこと言うの？」

大きく見開かれた紅葉の瞳から、大粒の涙がポロポロと溢《あふ》れ出した。涙は紅葉の頬を伝って、テーブルクロスの上に染みを作っていく。

「ど、どうした？　なにか悪いことでも言ったか？」

突然の涙に驚いた忍は、慌てて泣きじゃくっている紅葉の側《そば》へと駈け寄った。紅葉は肩を震わせながら、手で顔を覆い隠して嗚咽《おえつ》を漏らしている。

「なんだかよく解《わか》らないけど、悪いことを言ったのなら謝る。ごめん」

「忍お兄ちゃんは……」

頭を下げた忍を見ようともせず、紅葉は小さく首を振りながら、

「わたしのことを、きちんとひとりの女の子として見てくれてないの？」

と、嗚咽混じりの声で問い掛けてきた。

「よ、よく意味が分からないいんだけど……」

「漫画で読んだもんっ！」

顔を覆っていた手をパッと離し、紅葉は泣き顔のままで忍の方を振り返った。

「わたしのことを、ちゃんとひとりの女の子として見てくれてるなら、『いいお嫁さんになる』なんて絶対に言わないもんっ！」

「…………………」

漫画で読んだと言われても、忍には返答のしようがなかった。

だが、確かに紅葉をひとりの女の子として見ていなかったことは間違いない。紅葉といると、どうしても幼い頃のイメージが強すぎるのだ。

しかし……。

目の前でポロポロと涙を零《こぼ》しながら泣き濡れているその姿は、顔こそ昔と変わりないものの、やはりひとりの女の子の姿であった。

「紅葉ちゃんのこと真剣に考えてあげてください」

奈々菜が言った言葉が忍の脳裏に蘇《よみがえ》ってくる。もしかしたら、兄妹のような関係に甘え

ていたのは、忍の方だったのかもしれない。

濡れた頬に手を添えて顔を上げさせると、忍はそのまま泣いている紅葉の唇にそっと自らの唇を重ねた。涙と暖かい吐息が、忍の唇にふわりと触れる。

「あ……」

紅葉はハッとしたように息を止めた。忍がゆっくりと顔を離すと、潤んだ瞳を大きく見開いて、驚きと喜びの入り交じった複雑な表情を浮かべている。

「その……なんだ……これからは、紅葉をひとりの女の子として意識するよ」

自分の頬が紅潮してゆくのを感じながら、忍は紅葉から視線を逸《そ》らしてそう呟いた。意識するというより、意識せざるを得ないだろう。

妹にキスしてスキンシップを深めるような感覚は、忍にはないのだ。

そっと手を伸ばして小さな手を優しく握りしめると、紅葉の表情が驚きから感動へと変わっていく。忍はそのまま手を引いて、紅葉の身体をしっかりと抱き寄せた。


「ん……本当にいいのか？　別に今日じゃなくてもいいんだぞ」

紅葉の部屋のベッドに並んで腰掛けながら、忍はそっと問い掛けた。

「今日がいいの……」

紅葉はキッパリと、しかしどこか弱々しい声で続ける。

「今日じゃないと、きっと怖くて勇気が出せないと思う」

紅葉は自分に言い聞かせるように呟いたが、その身体は小刻みに震えている。

忍はそんな紅葉をそっと抱き寄せると、緊張をほぐすように、軽く頬に……そして唇にキスをした。シャワーを浴びてきたばかりの彼女から、リンスの爽《さわ》やかな香りが立ち上り、忍の鼻腔《びくう》を軽くくすぐる。

「ん……忍お兄ちゃん……」

恥ずかしそうに目を閉じたまま、紅葉は忍の背中をそっと抱きしめ、甘えるように身体を擦《す》り寄せてきた。

忍はそんな紅葉を優しくベッドに押し倒すと、今までよりもずっとキスを深くする。

舌で紅葉の舌をとらえると、唾液《だえき》をのせて溶かしていくように絡めていった。その忍の舌に応じようと、紅葉は未熟ながらもゆっくりと舌を動かしてくる。

「んっ、んん……」

苦しげな紅葉の息遣いに、忍はそっと顔を離した。紅葉は薄く瞳を開くと、うっとりとした表情で忍を見つめる。

「夢みたい……忍お兄ちゃんと……こうして結ばれる日がくるなんて」

潤んだ瞳でそう囁く紅葉に、忍は下半身が熱くなるのを感じた。

身体を重ねて再びキスを繰り返しながら、紅葉の胸元に手を添えた。バスタオル越しに、柔らかな感触と、紅葉の鼓動が伝わってくる。想像していたよりも大きな膨らみを、優しく、ゆっくりと揉《も》みしだいていく。

「やっ……あッ、やんっ、胸が……熱いの……」

やわやわとした心地よい感覚が忍の手のひらを刺激したきたが、次第にそれだけでは満足できなくなってきた。直接、紅葉の肌に触れたくなり、その身体を包んでいたバスタオルを捲《めく》るように取り去る。

「……あッ……」

形のよい白い丘が露《あら》わになり、紅葉はキュッと身体を硬直させた。忍はその硬さをほぐすように、乳房全体を包むように掴《つか》んで揉み始めた。

「やんッ……あッ……忍お兄ちゃん……ゾクゾクしちゃうよぉ」

紅葉の唇から、甘く切なそうな吐息が漏れる。乳房の形が変わるほどに揉み込みながら、桜色をした先端部分を指で刺激すると、すでに硬くなり始めていた乳首が恥ずかしそうに頭をもたげてくる。

「んッ……おっぱいの先が……ジンジンするよぉ」

恍惚《こうこつ》の表情で忍の愛撫《あいぶ》を受け止めながら、紅葉がうっとりとした声を上げた。

「なんだ、もう感じちゃったのか？」

「だって……忍お兄ちゃんが触るたびに、なんだか……ゾクゾクして……」

指で乳首を摘《つま》むようにして刺激を与えてやると、紅葉の身体はビクビクと電気に打たれたように跳ね上がった。

「あ、あんッ！　……そ、そんなにしたら……乳首が取れちゃうよぉ……」

紅葉の反応に苦笑しながら、忍は乳房から下へと手を伸ばしていった。ウエストラインを確かめるように紅葉の腹部を撫でながら、ゆっくりと下腹部へと移動させる。

「やぁん……く、くすぐったいよ、忍お兄ちゃん……」

ベッドの上でクスクスと笑いながら、紅葉は恥ずかしそうに身をくねらせる。忍は紅葉の身体を更に抱き寄せると、その首筋から胸にかけて、火照って桜色に染まった柔肌にキスの雨を降らせていった。

紅葉自身の香りと石鹸《せっけん》の香りが、忍の思考を少しずつ痺《しび》れさせてゆく。

「あっ、ンッ……そ、そんなに吸っちゃだめぇ……」

忍の頭を抱きしめながら、紅葉は背筋を反らせて切なげな声を漏らした。それは今まで聞いたことのないような甘い声で、否が応でも忍の情感を刺激してくる。

思わず、すぐにでも入れたくなってしまったが、やはり手順というものがあるし、紅葉の方にも受け入れるための準備が必要だろう。

忍は紅葉の身体中へのキスを繰り返しながら、空いた手を太股《ふともも》へと伸ばした。しっとり

と汗ばんだ紅葉の肌が忍の手に吸いつき、きめ細かな肌の感触を伝えてくる。

「忍お兄ちゃんの手……すごく温かいよ……」

「紅葉の脚だって、温かいぞ」

手を少しずつ紅葉の大切な部分へと這《は》わせ、指で淡い茂みを上からなぞるように動かしていく。指先には、溢れ出た愛蜜《あいみつ》がしっとりと絡みついてきた。

「やっ！　ダ、ダメっ……そこは……まだダメなの……」

紅葉は初めて怯《おび》えた表情を浮かべ、膝《ひざ》を合わせて忍の動きを封じようとした。だが、忍はそんな彼女を押さえつけると、手のひらでそこを包み、秘裂を探るようにして中心部分へと指を侵入させた。

「あっ……あンッ！」

中は入り口ほど濡れておらず、忍の指が侵入するのを拒むかのように、肉が寄り合わさっている。忍はゆっくりと指を動かしながら、少しでも紅葉の緊張をほぐそうと、全身をくまなく愛撫していった。

「もっと力を抜いてごらん」

「で、でも……身体が勝手に……」

「息を吐いて……」

忍に言われた通り、紅葉は素直に大きく胸を上下させた。まだ発展途上にある乳房が、

紅葉の呼吸に合わせてわずかに揺れ動く。忍はその乳房に顔を寄せると、すでにつんと勃《た》った乳首を口に含んでやった。

唇で吸い上げ、舌で転がすたびに、紅葉はうっとりとした声を上げる。

丹念な愛撫を繰り返しているうちに、ようやくリラックスしてきたのか、忍の指はようやく紅葉の中へと沈み込むことに成功した。熱く、柔らかい感触が指を包み込み、奥から溢れ出してきた蜜は指の根本まで伝わってきた。

指を出し入れするたびに、愛液が溢れ出し、くちゅくちゅと音を立て始めた。そのエッチな音に刺激されたのか、紅葉はヒクヒクと腰を震わせながら、泣きそうな表情で忍を見上げてくる。

「忍お兄ちゃん……指だけじゃなくて……その……」

「もう、欲しくなったのか？」

「……バカ」

紅葉は消え入りそうな声で言うと、照れ隠しのように忍の胸に顔を擦りつけてきた。もっとも、言われなくても忍のペニスは、限界まで高まっている。

「忍お兄ちゃん……わたしを……あげるね」

紅葉は顔を真っ赤にしながら、ゆっくりと自ら両脚を開いていく。愛蜜でしっとりと濡れたその部分は、震えながら忍の侵入を待ちわびているようにみえた。

「……痛いかもしれないけど、その……我慢できるか？」

忍は紅葉の上に身体を重ねながら、チラリと顔色を窺《うかが》った。

「……うん、忍お兄ちゃんなら、我慢する」

可愛く囁きながら、紅葉はギュッと目を閉じた。

忍は頷きながら、熱く潤った秘裂に先端をあてがう。先端の敏感な部分に、紅葉の温もりが伝わり、忍のペニスはより硬く怒張していった。

「んっ……き、来て……いいよ……」

紅葉は覚悟を決めるように、シーツを握り締める。そんな彼女を見つめながら、忍は静かに、緩慢な動作で腰を前へと突き出していく。

「きゃうっ！　やッ……あッ、あンッ……」

ビクンと身体を震わせながら、紅葉は忍を受け入れ始めた。ペニスの先端が紅葉の中へと埋没し、ぎちぎちに秘裂が広がっているのが見える。

「紅葉……大丈夫か？」

このままでは紅葉が壊れてしまいそうで、忍は思わず動きを止めた。あまり辛そうならば、途中で止めることも考えなければならない。

だが、紅葉はうっすらと涙の浮かんだ目を開けて、

「大丈夫……だから、続けて……」

と、気丈にも笑みを浮かべた。

「……ジワジワ痛いのと、一瞬だけすごく痛いのと……どっちがいい？」

「ど、どっちも怖いけど……一瞬の方が……いい」

小さな声でそう答えて、紅葉は更に大きく内股《うちまた》を開いた。

「じゃあ、一気に入れるぞ……？」

「ウン……わたし、頑張る」

忍は紅葉が頷くのを確認すると、彼女の両脚を抱え込んで固定し、一度軽く腰を引いた。そして、勢いをつけながら、一気に紅葉の中へと腰を突き出した。

「アウッ……やぁぁぁッ！」

なにかを突き破るような感触のあと、紅葉が力いっぱいシーツを握り締めながら、悲鳴に近い声を上げて、大きく身体をのけ反らせた。忍を包み込んでいる秘裂から、紅葉の純潔の証が滲《にじ》み出ているのが見える。

「紅葉……全部入ったぞ……」

「う、うんっ……忍お兄ちゃんと……ひとつになってる……」

紅葉は熱い吐息でそう呟いたが、とても忍との一体感を楽しむ余裕はなさそうだ。ベッドシーツを握りしめたままで、忍がほんの少し身体をズラしただけでも、苦しそうに眉根を寄せて喘《あえ》いでいる。

「すっごく痛いの……ゆっくり、ゆっくり動いてね……」

「分かってるよ」

忍は頷き返すと、少しでも苦痛を和らげてやろうと、繋《つな》ぎ目《め》の上にある快楽のボタンへと指を這わせた。そこに優しく刺激を加えながら、ゆっくりと腰を前後させていく。

「やッ、あッ、あんッ……い、痛いのに……変な……感じ」

しつこく指先で押すようにクリトリスを愛撫しながら、忍は徐々に腰の動きを速めていった。初めは苦痛に顔を歪めていた紅葉も、少しずつ喘ぎ声を洩《も》らし始める。

「やぁぁんッ……し、痺れて……痛く……なくなってきた」

まだ、とても快感を感じるとまではいかないようだが、多少は変な気分になってきたのだろう。紅葉は身体を震わせながら、切なそうな表情を浮かべた。

忍の方もグイグイとちぎれそうなほどに締めつけてくる紅葉に、心の余裕を奪われつつある。さほど女性経験があったわけではなかったが、今までに感じたことのない快楽を味わっていた。

制御しようとしても、忍を包み込む紅葉の中はうねるように蠢《うごめ》き、奥へ奥へと誘うような動きを繰り返してくる。その動きにつられるように、忍は相手が初めての紅葉であることも忘れ、夢中になって腰を振った。

「キャウッ……忍お兄ちゃん……おにいちゃあん……」

はあはあと喘ぎながら、紅葉は必死になって強く抱きついてくる。

桜色に上気した柔肌が密着すると、忍の興奮は最高潮に達し、ペニスは絶頂を迎えようと痙攣《けいれん》を始めた。

「紅葉っ、そ、そろそろ……出すぞ……」

「だ、出してっ……いいよっ……」

紅葉の細い身体を抱きしめながら、忍は最後に強い一突きを繰り出し、一番奥深い場所で想いを爆発させた。ビクビクと忍のモノが膣内《ちつない》で跳ね上がり、大量の精液が彼女の体内へと染み込んでいく。

「あぅぅ……忍お兄ちゃんのが……わたしの中に……」

紅葉はうっすらと涙を浮かべながら、今までにないほどの力で忍の背中にしがみつき、放出したエネルギーを優しく受け止めていった。

第三章　強烈な学校生活

とててててっ！

背後から独特のリズムで足音が聞こえてきた。

授業を終えて職員室に戻ろうとしていた忍は、その足音の主と意図を瞬時に判断して、

「こらっ！　講師に抱きつくんじゃないっ」

と、振り返りながら声を上げた。

「うっ……」

背後には忍が想像した通り、紅葉が今にも抱きつこうという姿勢のまま固まっていた。

「……忍お兄ちゃん、よく私だと分かったわねぇ？」

「長年聞いてりゃ、いやでも憶《おぼ》えるよ」

「それは『愛』しているからよね？」

「さあねぇ……」

忍がとぼけるようにして視線を逸《そ》らすと、その隙《すき》をついて、紅葉は今度こそ首にすがりつくように抱きついてきた。

「こ、こらっ、離れろって」

「照れない、照れない」

紅葉は面白そうにクスクスと笑った。

初めてセックスをした翌日などは、さすがに恥ずかしそうな表情を浮かべてしおらしく

していたのだが、それもしばらくすると元に戻ってしまった。それどころか、以前にも増して、校内でも甘えた態度を取るようになっているのだ。

紅葉を抱いたことを、忍は後悔していなかった。

あの時はああする以外に紅葉の想《おも》いを受け止めることはできなかっただろうし、彼女を愛《いと》おしく思っているのは間違いない。

だが、今後はどういう態度で接したものかと頭を悩ませているのだ。

確かにひとりの女性として紅葉を意識するようにはなったが、やはり正式な「恋人」と明言するには、まだどこかに抵抗を感じる。いずれはそうなるのだろうな……と、ぼんやり考えてはいたが、少なくともそれは彼女がこの学校を卒業し、看護婦として一人前になってからのことだろう。

紅葉もさすがに忍に抱かれたことは公言していないようだが、この調子では、いつ口を滑らせるか分かったものではない。

女生徒たちは、未《いま》だに忍に対して過激なアプローチを繰り返しているのだから、もし紅葉とのことがバレたら校内は大騒ぎになってしまうだろう。

(これは一度、ピシャリと言っておいた方がいいな)

忍は無言で紅葉を引き離すと、説教しようと口を開き掛けた。

だが、一言も発しないうちに、紅葉は不意に表情を強張《こわば》らせて俯《うつむ》いてしまう。

まだなにも言っていないのだが……と、忍が訝《いぶか》しんだ時、

「あらぁ？　忍クンと紅葉じゃないの。こんなところで校内恋愛中？」

と、間延びした楓の声が背後から聞こえてきた。

「楓さん……」

「相変わらず、仲がいいわねぇ」

楓は近づいてくると、忍と紅葉を交互に見比べるようにして笑った。

「お、お母さん、あっちへいってよ、恥ずかしいから……」

どうやら、紅葉の様子がおかしくなったのは、楓が近づいてきたからのようだ。

めずらしく困りきった表情を浮かべながら、なんとか楓を追い払おうと必死になっている。母親という存在に、自分のプライバシーを覗《のぞ》かれたくないのだろう。

「なによぉ……ワタシがいると、そんなに邪魔なの？」

「じゃ、邪魔とかそういうのじゃなくて、その……恥ずかしいじゃない」

紅葉はモジモジと、指先でスカートのプリーツや上着の袖《そで》を玩《もてあそ》んだ。

「これから、恥ずかしいことをするつもりなの？」

楓はからかうような口調でそう言うと、マジマジと紅葉を見る。

無論、冗談のつもりなのだろうが、すでに忍と恥ずかしいことをしてしまった紅葉は、その言葉に過敏に反応を示して顔を真っ赤にしてしまう。

「紅葉さぁ、忍クンとはどこまでいったの？　もうこのくらいのことはした？」

楓は忍の方を振り返ると、忍の首筋に腕を回して身体《からだ》を密着させながら抱きついてきた。

「ちょ、ちょっと楓さん……む、胸が当たってるッス……」

忍は豊満な胸の膨らみを感じて、思わず上ずった声でそう呟《つぶや》いた。

「ん？　もっと押しつけて欲しいの？」

忍の耳元でそう囁《ささや》くと、楓は更に身体を密着させてくる。彼女の首筋から漂う、いつもの消毒液とは違った甘い香りを感じて、忍の動悸《どうき》は激しくなった。

「お母さんっ！　いい加減にしてよっ！」

紅葉は怒声を上げると、楓から奪い取ろうとするかのように、忍の白衣の裾《すそ》を握りしめて引っ張った。その激しい応酬に、廊下を歩いていた女生徒たちが、何事かと足を止めて忍たちを見つめている。

「ね、ねぇ……ここで騒ぐのはあんまり良くないかなー、とか思うんだけど……」

「お母さん、いい歳して忍お兄ちゃんを誘惑するのは止めてよ！」

忍の提案を完全に黙殺して、紅葉は楓に向かって強い口調で言い放った。

「いい歳って……失礼ねぇ、ワタシはまだまだ現役なんだけど」

「だからって、忍お兄ちゃんにちょっかい掛けなくてもいいじゃない！」

一度、忍と関係したという自信からか、紅葉は楓を相手にまったく怯《ひる》む様子がない。

……こうなると、忍はまったく口を挟む機会がなくなってしまった。

親娘に挟まれたまま、なす術《すべ》もなく呆然《ぼうぜん》と二人のやりとりを聞くしかない。紅葉が恋敵《こいがたき》として、誰《だれ》よりも楓を意識していると聞かされているのだから、ヘタに口出しすることもできないのである。

(これって、第三者から見れば壮絶な光景だよなぁ……)

母と娘が忍を取り合って舌戦を繰り返しているのだ。その当事者でありながら、蚊帳《かや》の外に置かれている忍の立場は、見ようによってはかなり滑稽《こっけい》であった。

(……まあ、紅葉が楓さんを意識するのも無理はないけどな)

楓はとても紅葉のような年齢の娘がいるとは思えないほど若々しく、女性としての魅力に溢《あふ》れている。身体に押しつけられたままになっている胸もかなりの弾力があり、忍でさえ、できることなら触ってみたいという衝動にかられるほどだ。

もっとも、そんなことを口にしようものなら、

「あら……本気なの？　……いいわよ。忍クン、なかなかワタシ好みの顔をしてるしね」

などと誘惑してくるに決まっている。

そして、忍の股間《こかん》に手を這《は》わせてくると、

「もう興奮してきたの？　ワタシの知らない間に、こんなに立派な男に成長してただなんて、ちょっと悔しいわね……」

などと苦笑しながらそう呟くと、若い女の子なら赤面してしまうような大胆な脱ぎ方で自ら服を脱ぎ捨てるだろう。楓がブラを外し、ショーツ一枚になったあたりで忍の頭は徐々に麻痺《まひ》していく。うっすらと漂う香水の匂《にお》いが、忍の思考を奪っていくのだ。

「それじゃ……忍クンを頂こうかしら」

と、楓は情熱的で激しいキスを重ねながら、柔らかな胸の膨らみを押しつけてくる。

妖艶《ようえん》な表情を覗かせながら、忍の股間に白魚のような細い指先を這わせ、ズボンのジッパーを下ろして、慣れた手つきでペニスを取り出す。

「忍クンの……こんなに大きく育ったのね……」

感慨深げに微笑《ほほえ》んだ楓は、その細くしなやかな指を忍の肉棒に絡みつけ、ゆっくりと上下にしごきはじめる。

「どう？　気持ちいい？」

楽しそうに忍を見下ろしながら、楓が尋ねてくる。

「う、うん……さすがに手馴《てな》れてるね、楓さんって」

などと答えると、彼女はゆるやかな動作で忍の手を取って自らの乳房に添える。

まだ十分に瑞々《みずみず》しく張りのある乳房は、忍が子供の頃《ころ》にお風呂《ふろ》に入れてもらった時と比べて、なんら遜色《そんしょく》はない。垂れるどころか、その乳房は造形美さえ感じるほど均整の取れた形を保っているのだ。

「……抱いて、忍クン」

楓はショーツを脱ぎ捨て、うつ伏せに寝そべって大きく内股《うちまた》を開いてみせると、二本の指先で秘裂を押し開いた。忍の眼前に、楓のすべてがさらけ出される。

「楓さんっ！」

忍はむしゃぶりつくようにして楓の身体に自らを重ねると、ガチガチに隆起したペニスを慌ただしく秘裂へと宛《あてが》う。

ぐちゅ……。

と、淫猥《いんわい》な音を立てながら、忍のモノはヌルヌルとした楓の中へと飲み込まれていく。

その熱く柔らかな感触に刺激され、忍は勢いに任せて腰を送り出した。

根元を締め上げられると同時に、柔らかく包み込むような内壁の感触は、ペニスを更に怒張させていくのだ。

「あんッ、忍クンのが……中でますます硬くなってくる……」

「か、楓さん……すごく気持ちいいよ……」

若さに任せて激しく求める忍を、優しく抱きしめながら、楓は嬉《うれ》しそうに目を細める。

「あぁッ、し、忍クン……いいっ……気持ちいいの」

自ら腰を振りながら、楓は柔肌を桜色に紅潮させて甘い声を上げた。

忍が空いた手を楓の胸の膨らみに這わせて激しく揉《も》みしだくと、乳房は自在に形を変えながら手のひらに吸いついてくる。

「んんッ、もっと……もっと形が変わるくらい強くしてッ！」

楓は激しく喘《あえ》ぎながら、更に腰の動きを激しくする。きつい締めつけと包み込むような内壁の刺激……先端に当たる楓の奥が、忍のモノを責め立ててくる。

楓の艶《つや》やかな仕草と熱い吐息。

肉がぶつかり合う音と愛蜜《あいみつ》が糸を引く音。

柔らかな楓の感触と徐々に高くなる体温。

様々な楓との接点が、徐々に忍を限界に導いていく。

「ん、楓さん、そろそろ……イクよ……」

「ンあッ……イッて……いいわよ……ンッ……」

忍の動きに合わせて、楓も同調するように自ら腰を振りまくる。その動きに、忍は頭の中が真っ白になり、身体中を稲妻のような快感が突き抜けていく。

「くっ!!」

「あはぁんッ……イクッ……出してッ……中に出してぇ！」

楓が悲鳴のような声を上げて絶頂を迎えようとした瞬間、忍も欲望のすべてを……。

「忍お兄ちゃんっ!!」

「うわっ！」

妄想モードに突入していた忍の前に、いきなり紅葉の顔がアップになった。いつのまにか楓も身体から離れており、紅葉と一緒に不思議そうな顔をして忍を見つめている。

どうやら随分と長い間、妄想を続けていたらしい。

「な、なんだよ……？」

忍はバクバクと動悸する心臓の音を気取られないように、平静を装いながら問い返した。

「だから、忍お兄ちゃんもなんとか言ってよっ」

「なんとかといっても……」

自分の世界に浸っていたために、話の主題がなんなのか分からなくなっているのだ。答えたくとも答えようがない。

「……紅葉としては、ワタシが忍クンとベタベタするのが耐えられないよ」

楓はクスクスと笑いながら、目を細めて紅葉を見ている。

「だって……別にお母さんと忍お兄ちゃんは、つき合ってるわけじゃないんだから……」

「あら、つき合わないとベタベタしちゃいけないの？」

楓は意外そうな表情を浮かべた。

細かいところまでは分からないが、ようするに紅葉は、楓が忍に触れることに嫉妬《しっと》しているのだろう。想像していたよりも独占欲が強いらしい。

「そ、それは……だって、忍お兄ちゃんが迷惑してるじゃないっ」

「あら、迷惑だった？　忍クン」

「う～ん……」

忍は思わず返答に窮した。確かに、楓は必要以上にベタベタしてくるような気もするが、これは彼女の子供に対するスキンシップだろうと受け止めているのだ。

もっとも、この年になって人前でやられるのには抵抗を感じるし、なんだかおもちゃにされているような気もするが、邪険に払《はら》い退《の》けるようなことはしたくなかった。

紅葉は忍のことだけに頭がいっているようだが、子供の頃から、彼女もずっと同じ愛情表現を楓から受け続けているのだ。忍に対して楓と同じようにベタベタするのも、知らないうちに母親の行動を真似《まね》ているのかもしれない。

「まあ……せめて、人前ではやめてもらえるとありがたいかな……って」

「じゃあ、人前でなければいいのね？」

「お母さんっ!!」

紅葉は叫ぶように言うと、目に涙を浮かべながら楓を睨《にら》みつけた。

さすがの楓も、紅葉の涙を見て言葉をなくしてしまう。あくまで冗談のつもりであり、これほど激しい反応を示されるとは思わなかったのだろう。

「お、おい……紅葉、泣くなよ」

忍が肩に手を掛けると、紅葉はそのまま抱きつくように、白衣に顔を押しつけてきた。

「もう……紅葉には優しいんだから」

楓は呆《あき》れたように、肩をすくめて苦笑した。今までとは違う娘の反応に、なにかを察してしまったのかもしれない。


授業の空き時間というのは暇なものだ。

授業準備や課題の採点がある場合はそれなりに忙しい時間なのだが、それらの用事がないとなにもすることがないのである。この日の忍も、授業の進行予定を確認したあと、やることがなくなってしまった。

(そうだ、確か詠美先生も空き時間のはずだよな……)

忍は時間割を確認すると、職員室を出て聖堂へ向かった。授業のない場合、詠美はいつも聖堂にいるはずだ。せめて話でもしていれば、暇がつぶせるだろう。

だが、聖堂のドアノブに手を掛けた時、中から詠美以外の声が聞こえてきた。

「あれ……誰か先客がいるのかな？」

と、忍は少しだけドアを開けて、そっと中の様子を伺ってみた。

聖堂では、詠美とひとりの女生徒がなにかを話し合っている様子が見える。女生徒の方は、忍が担当しているクラスの娘《こ》だ。

悩みでも打ち明けているのだろうか……と、忍は瞬時に考えた。シスターである詠美は、ただの講師ではなく、生徒たちからの相談事を聞く立場でもあるからだ。

「……あたし、その日に彼から身体を求められると思うんです」

「う～ん。泊まりにこいってことは、そうなのかもしれませんね～」

漏れ聞こえてくるだけでも、女生徒の悩みはかなり深刻そうだ。

どうやら、彼氏の家に泊まりにいくことになった女生徒が、本当に相手は自分のことを愛しているのかどうか不安になったらしい。身体だけが目当てなのではないだろうか……ということを心配しているようだ。

（……ここでこうして聞いているのもマズイな）

別に意識して立ち聞きしようとしたわけではなかったが、結果的には同じようなものだ。中にいる詠美たちに気づかれないうちに、忍はそっとその場を離れようとした。

しかし……。

「本当に……本当に彼のことを愛しているのなら、身を任せてみるべきだと思います～」

およそ教師らしからぬ詠美の言葉に、忍はズルリとその場で転びそうになってしまった。

「詠美先生、あたし、本当に彼にすべてをまかせてもいいんでしょうか？」

「愛の形に決まりはないのですから……捧げる愛があってもいいと思いますよ〜」

詠美のアドバイスに、女生徒はうんうんと頷《うなず》いている。

シスターがこんな過激な発言をしてもよいのだろうか、と忍は首を捻《ひね》った。宗教に縁がないだけに判断しかねるが、詠美には詠美なりの神の教えに対する解釈があるのだろう。

それからふたりはしばらく話し込んでいたが、やがて女生徒が詠美に感謝して別のドアから出ていった。忍は少し間をおいてから聖堂の中へと入った。

「詠美先生」

「まぁ……中川さんだったのですか〜」

忍の顔を見るなり詠美は眉根《まゆね》を寄せて、少し咎《とが》めるような口調で言った。

「え……なにがです？」

「外で聞いてらっしゃったんでしょう〜、今の女生徒との会話を〜」

「うっ……」

どうやら、忍が立ち聞きしていたことに気づいていたようだ。めずらしく、詠美は睨みつけるような目で見つめてくる。

「その……すいません。話し声が聞こえてきたので、つい……」

「ダメじゃないですか〜、盗み聞きは泥棒さんと同じですよ〜」

と、詠美はポカリと軽く忍の頭を叩《たた》いた。

なんと言われようと、この場はひたすら謝るしかない。ルール違反をしたのは忍であり、弁解の余地はまったくないのだ。

「本当にすいません。担当しているクラスの女生徒だったんで……」

「さっきの彼女に謝るべきですけどね〜。……今後は二度と同じ過ちを繰り返さないと誓えますか〜？」

「は、はい……誓います」

「だったら、今回だけは見逃すことにしましょう〜」

忍は両手を合わせてペコペコと頭を下げると、詠美は肩をすくめて苦笑した。

普段はのほほんとしているようでも、やはり怒るとそれなりの迫力を感じる。あたりまえなのだが、ただのボケた女性ではないのだ。

「けど……詠美先生」

と、忍は怒られついでに、女生徒への返答について聞いてみることにした。

「さっきの話なんですけど、あんなことを勧めてしまっていいんですか？」

「あんなこと……というのは〜？」

「だから、その……彼氏に身を任せてしまえ、というやつです」

「なにかおかしかったでしょうか～？」

詠美は不思議そうに小首を傾げた。

忍の質問の意味が、まるで分からないという表情だ。

「その……みだりにセックスを勧めるようなことは、神の教えに反するのでは？」

「ああ、そういうことですか～」

ようやく忍の疑問が理解できたらしく、詠美はクスクスと笑った。

「愛する人のことを想うのは当然ですよねぇ～。だとしたら、誠心誠意接していれば、おのずからそうなるのではないでしょうか～？」

そう言われてしまえば、忍には返答する言葉がなかった。確かにその通りであろう。相手のことを想えばこそ、相手に尽くしたいという気持ちが湧いてくるものなのだ。

「それに、異性に対して性欲を感じるのは自然の摂理ですよ～」

詠美はそう言うと、ゆっくりと忍に近づき、不意にチュッと唇を重ねてきた。

「え、詠美先生……!?」

「私は中川さんのことを愛してます～」

「え!?」

突然の告白に動揺する忍を見て、詠美はクスッと優しい笑顔を浮かべると、そのまま跪《ひざまず》くようにしゃがみ込んだ。ちょうど腰の位置に詠美の顔がくる。彼女はその姿勢のまま、

ゆっくりと忍の股間に手を這わせてきた。

「あ、あの……？」

「神はおっしゃいました～。愛の前にも後ろにも壁はないと……」

詠美はそう言うと、ズボンの上から股間を愛撫《あいぶ》してくる。彼女の細い指に刺激されて、忍のモノはすぐに反応を示し始めた。

「あんっ……ズボンの上からでも、はっきりと形が分かります～」

急速に硬度を増していく忍のモノを見て、詠美は嬉しそうな声を上げると、そのままファスナーを引き下ろし始めた。

「ち、ちょっと……そんな……詠美先生」

「私に舐《な》めさせてください～。いけませんか～？」

彼女が口で奉仕してくれるつもりなのだと知って、忍は驚いてしまった。

もちろん、詠美のような美人がしゃぶってくれるというのを断るつもりなどなかったが、同時にこれでいいのだろうか……と考えてしまう。だが、ファスナーが下ろされ、中からペニスを引っ張り出されると、もう理由などどうでもいいような気がしてきた。

意外にも手慣れた詠美の動作を見下ろしているうちに、これが彼女なりの忍に対する愛情表現なら、それでいいじゃないかと思い始めたのだ。

「うふふ……可愛《かわい》いですわ～」

詠美はそう呟きながら、そっと忍の股間に顔を寄せると、ちゅっとペニスの先端にキスをした。柔らかな唇の感触に、ゾクリとした快感が背筋を駆け上ってくる。

こうして女性にフェラチオをしてもらうなど初めての経験であった。女性器とは違う、温かくぬめった舌と唇に包まれ、忍はカッと下半身が熱くなるのを感じた。

目が眩《くら》むほど気持ちがいい。

思わず声を上げてしまいそうになるのを、忍は必死になって堪えた。

「んふッ……気持ちいいですかぁ～？」

「は、はい……気持ちいい……です」

「うふふ。では、もっとしてあげますね……」

忍が正直に答えると、詠美は満足したような笑みを浮かべながら艶やかな唇を開いて、あむっ、とペニスを根本まで口に含んだ。唇で竿《さお》の部分に刺激を加えながら、頬《ほお》をすぼめて先端部を喉の奥まで飲み込み、顔を前後に振るようにシゴき上げてくる。

しかし、聖堂で男のモノを咥《くわ》えるなど詠美もかなり大胆だ。

それにかなり手慣れた様子なのも気に掛かる。

実は身近な男を次々と咥え込む淫乱なのではないだろうか……とも思ったが、詠美がそんな女性でないことは忍自身が一番よく知っていた。だとすると、これはやはり彼女の言うように、それだけ忍のことを想っている証拠なのだろう。

「……どうしたんですか～？」

詠美は不意に口から忍のペニスを引き抜くと、覗き込むようにして見上げてくる。

「先ほどから黙ってらっしゃいますけど～？」

「い、いや……詠美先生って意外に大胆なんだな……と」

忍がそう言うと、詠美はポッと顔を赤らめた。

「愛があればこそですよ～。ほら、こうすると……愛を感じませんか～？」

再び忍のペニスを口に含むと、詠美は舌先で先端部分を転がすようにしゃぶり始めた。

ちゅっ、ちゅぱっ……と、卑猥《ひわい》な音が聖堂に響く。

詠美のような美人にフェラチオをしてもらっているというだけで、一気に達してしまいそうなほどなのに、彼女の舌使いは絶妙なのである。

このままではすぐに射精してしまいそうだと感じた忍は、詠美の胸元に手を伸ばすと、服の上から彼女の膨らみをまさぐった。

「あンッ……んんッ」

かなりボリュームのある乳房を手のひら一杯に掴《つか》んで揉み立てていくと、詠美は忍のモノを咥えたまま、悩ましげに身体を揺すり始める。それが前後だけだったストロークに変化をもたらし、忍は一気に限界まで高まっていった。

「うッ……で、出るッ!!」

断りの言葉を口にする間もなく、忍は詠美のバストをギュッと握りしめたまま、彼女の口の中へすべて放出してしまった。

「ンクッ……」

詠美は白い喉を鳴らして、精液を飲み込んでいく。更に残りを吸い出すかのよう、頬をすぼめて、チュッチュッと先端部分にキスを繰り返した。

「うっ……そ、そんなに吸われたら……」

「中川さんの愛を……全部、頂きました～」

残ったエネルギーまでをも吸い取った詠美は、ゆっくりと唇を離した。

口の周りは、精液か唾液《だえき》か分からない光る液体で濡れている。その光景は、なんだかとてもいやらしく思えた。


詠美に強烈な奉仕をしてもらった忍は、ふわふわとした気分のまま残りの授業を終えたが、翌日の授業準備にはかなり手間取ってしまった。

股間から詠美の唇の感触がずっと抜けきれずに、なかなか集中できなかったのだ。

ようやくすべてを終えた頃には、もうクラブ活動も終了していて、校内にはほとんど人影がなかった。だが、帰宅するために職員用の昇降口へと向かおうと廊下を歩いていた忍

は、ふと階段の側《そば》でうずくまっている知沙の姿を見つけた。

「あれ、睦月さんじゃないか?」

「キャッ……な、中川先生っ!」

背後から声を掛けると、知沙は雑巾を握りしめたまま、驚いたような表情を浮かべて忍を振り返った。

「こんな時間に、ひとりで掃除?」

「あ、はい……ちょっと汚れが目についたもので」

知沙は照れくさそうに廊下を指さした。

目を落とすと、すでに廊下はきれいに磨かれたあとであり、チリ一つ落ちていない。生真面目な性格の知沙は、掃除時間外でも気づくとやらずにはいられないようだ。

「へえ……偉いね、睦月さん。感心な心がけだね」

忍は素直な感想を口にした。

やはり看護婦を目指すのであれば、これぐらいの心配りがあってほしいものだ。

「そ、そんなことないですよ。私はただ勝手に掃除してるだけで、その……」

「勝手と自発的は全然違うよ」

と、忍は更に言葉を重ねた。

「勝手は他人にとっての迷惑で、自発的は迷惑とは限らない。胸を張っていい行為だよ」

手放しで賞賛すると、知沙は恥ずかしそうに俯き、やがて居場所がなくなったように落ち着かなくなり、キョロキョロとあたりを見回した。

「あ、あの……私、バケツの水を替えてきますね」

あまり誉《ほ》められると、かえって戸惑うものらしい。知沙は目の前にあったバケツを手に取ると、急いで洗面所へ向かうとする。

「あんまり急いだら危ないよ」

「いえ、大丈夫ですから」

知沙はペコリと頭を下げると、まるでこの場から逃げ出すかのように、足早に洗面台へと歩き始めた。

「おーい睦月さんっ、足もとに気をつけてね」

廊下の先には小さな段差があったことを思い出して声を掛けると、大丈夫ですっ！と、知沙は元気な声を上げた。

だが、次の瞬間、
バシャーン！

と、豪快な音をたてて、知沙の身体はバケツと共に見事に転んでいた。

「……だから言ったのに」

忍が慌てて駈《か》け寄ると、バケツの水をモロに被《かぶ》ってズブ濡れになった知沙が、呆然と廊

下に座り込んでいた。

「おい、大丈夫かっ？」

「つ、冷たいです……」

「そりゃそうだよ、冷水を浴びたんだから……」

まだ暖かい日が続いているとはいえ、暦の上ではそろそろ秋も深まりつつある時期なのだ。頭から水を被れば、さぞかし寒いことだろう。

「足の方はどうだ？　くじいたりしていないか？」

忍はポケットからハンカチを出して手渡しながら、露《あら》わになっている知沙の膝《ひざ》に手を掛けて、怪我《けが》をしていないかどうかチェックした。

ついつい、その手が太腿《ふともも》にまで及んでしまい、知沙に疑いの眼差《まなざ》しを向けられてしまったが、どうやら捻挫《ねんざ》や骨折の心配はないようだ。

「それにしても……なんであんなに急いだんだい？　いつもの睦月さんなら、もっと冷静に余裕を持って行動するのにね」

苦笑しながら知沙の顔を覗き込むと、知沙は恥ずかしそうに俯いてしまう。

「は、はい……なんだか、気合が入り過ぎちゃって」

「気負いすぎるのも、失敗の元だよ？」

叱《しか》られた子犬のような目で忍を見つめながら、知沙はコクリと小さく頷いてみせた。

「さて、体操服とかジャージとか……着替えになるようなものを持ってる？」

「持ってないです。今日は体育の授業がなかったから」

「そうか……とりあえずそのままじゃ風邪を引くから、保健室にいこう」

白衣を脱いで知沙の肩に掛けると、

「保健室なら、ストーブもあるしタオルも毛布もあるはずだから」

と、忍は横に寄り添いながら知沙を抱き起こした。

「す、すいません……ご面倒お掛けして」

「これも講師の務めさ」

忍は寒さに身体を震わせている知沙の手を引いて、保健室へと向かった。


時間が遅いこともあって、保健室は無人であった。

忍はしまってあった電気ストーブを引っ張り出して火をつけると、棚の奥からタオルと新しい毛布を取り出し、知沙に手渡した。

「早く身体を拭《ふ》いて、毛布に包まったほうがいいよ。濡れた服は、僕に渡してくれたらここで乾かしてあげるから」

「でも……あの……中川先生がいると、服が脱げないんですけど……」

消え入りそうなほど小さな声で呟いた知沙は、恥ずかしそうにモジモジと肩をすくめな

がら、忍の顔色を上目づかいに伺った。

「あ、そうか……分かった。後ろ向いてるから、適当に脱いで毛布に包《くる》まればいいよ」

「ぜ、絶対こっちを振り返ったりしないでくださいね？」

急いで背を向けた忍に、知沙は追い打ちを掛けるようにして念を押した。

信用ないなぁ……と、忍は苦笑せざるを得なかった。いくら男でも、年中スケベモードになっているわけではない。そう言われると、かえって意識してしまうぐらいだ。

服を脱ぐ衣擦《きぬず》れの音がするたびに、背後にいる下着姿の知沙が脳裏に浮かんできて、なんとなく妙な気分なってきた。振り返るだけで美少女の裸体が拝めるという誘惑に、忍は抗しがたい魅力を感じる。

「あの……脱ぎましたけど」

「じ、じゃあ……服を渡してくれれば、ここで乾かしてあげるよ」

イケナイ妄想を慌てて頭から振り払いながら、振り向いていい？　と知沙に訊《き》いた。

「あ、はい……それから、中川先生の白衣も濡れちゃいましたけど」

「いいよ、気にしないから」

知沙は身体に毛布を巻きつけてベッドの上に座っていた。忍は濡れた服と白衣を受け取ると、もう一台ストーブを引っ張り出してきて、ベッドの横に置いた。

「少し暖まっていた方がいいよ」

「はい……」

知沙は忍のつけたストーブに手をかざしながら、少し嬉しそうな表情を浮かべる。

「……睦月さん、なんだか嬉しそうだね」

濡れた服を柵《さく》に掛けながら言うと、

「そ、そうでしょうか？」

と、知沙は首を傾げた。

「うん、ハプニングなのに、あんまりショックを受けてないみたいだし」

「そうですね……中川先生と二人でキャンプに来ているみたいな気がして楽しいです」

そう呟いてニッコリと笑う知沙が、更にストーブの近くへと手をかざすと、包まっている毛布の隙間からブラが少しだけ顔を覗かせた。

思わず鼻の下が伸び掛けたが、ここでスケベ心を起こすわけにはいかない。こっそりと眺めていたい気分だったが、忍はコホンと咳払《せきばら》いをして注意することにした。

「睦月さん、ブラが見えてるよ」

「えっ……あっ、あああっ！」

知沙は慌てて毛布の前を掻《か》き合わせると、頬を赤らめて俯いてしまった。

「すいません……私ったら……」

「あ、あんまり見てないから……あああっ、じゃなくて！　……わざとじゃないからね、た

またま偶然見えただけだから」

毅然《きぜん》としていればいいものを、若干のやましさから、忍の口調はおどおどとしたものに変わってしまう。これでは「しっかり見ました」と白状しているようなものだ。

だが、知沙は意外にもクスクスと微笑みながら、忍の顔を凝視した。

「中川先生って……不思議な人ですね」

「僕が……不思議？」

「はい。話をしていると、とても落ち着きます」

二十五年ほど生きてきて、不思議……と言われたのは初めてであったが、どうやら嫌われてしまったようではなさそうだ。

「不思議だし……それにとても優しいです」

面と向かって優しいなどと言われると、なんだか恥ずかしい気がしたが、不思議と知沙の言葉は忍の胸に染み渡るような気がした。


忍が講師になって数ヶ月。

看護学校は最大のイベントを迎えようとしていた。

この日の聖堂は普段よりも一層厳かな雰囲気に満ち、パイプオルガンが重厚な音楽を奏

でる中、集まった女生徒たちも表情を引き締め、灯のともっていないローソクをかざしながら、順番に学園長の前に進み出る。

今日は女生徒たちがナース帽を受け取る戴帽式《たいぼうしき》の日だ。

看護婦を目指す女の子たちにとって、一つの重要な通過点でもあり、憧《あこが》れの儀式でもある。女生徒たちはひとりずつ、学園長からその頭にナース帽を被せてもらうのだ。

忍はその様子を教員席で感慨深く見つめていた。

戴帽式に臨む女生徒たちを教えたのは、まだ僅《わず》かな期間でしかないのだが、それでも彼女たちの姿を見ていると、胸に熱いものが込み上げてくるような気がする。

この儀式が済めば彼女たちは准看護婦となり、これからは実際に患者さんたちに接するようになる。正看護婦になるまでの間、今まで以上の試練が待ち受けていることを思えば、手放しで喜んではいられないのだが……。

「どう……忍クン？」

隣に座っている正装した楓が、忍にそっと耳打ちしてきた。

「どうって……？」

「愛しい教え子たちの戴帽式を見て……よ」

「そうだなぁ……。自分の担当した患者さんが、通院条件で退院するのを見送るような感じ……かな」

参列する生徒たちの父兄を見回しながら、忍は少し複雑な心境で答えた。

「無事退院できて嬉しいとはいえ、まだまだ安心はできないってところかしら？」

「うん、大変なのはこれからの方なんだし……」

忍は自分の過去を振り返りながら、いやでもそう思わざるを得なかった。

医師は医師免許を習得したあと、二年間の研修医生活を送らなければならない。ここで実際に患者を担当して実地を学んでいくのだが、忍の場合、思い出すのも赤面するような失敗の連続であった。

「なるほど……自らの体験に重ね合わせて、か」

楓は忍の心中を察したように、クスクスと肩をすくめて笑った。

「それより楓さんの方はどうなの？」

他の教師たちは教え子の晴れ姿に感動して打ち震えているようだが、楓だけは普段とまったく変わらないように思えるのだ。

「ケロッとしてるけど、感動ってしないの？」

「感動ってなにに対して？」

あっけらかんとした表情で聞き返す楓に、忍はあんぐりと口を開けて呆れてしまった。

「なににって、それはもちろん……」

「しっ！　静かにして！」

不意に忍の言葉を遮った楓は、次にナース帽を受け取る生徒に意識を集中させる。彼女の視線を辿《たど》るようにして振り返ると、ちょうどそこには跪く紅葉の姿があった。

「……紅葉の番か」

横目でチラリと楓を見ると、紅葉が戴帽式に臨む姿を食い入るように見つめている。なんだかんだと言っても、やはり教師である以前に母親なのだな……と、忍は思わず苦笑した。他の生徒たちは教師としての立場で見ていられても、紅葉の番には父母と同じ心境になるらしい。

忍が再び祭壇の前に跪く紅葉に視線を向けると、彼女は学園長からナース帽を被せてもらうところであった。普段の騒々しい様子とは違って、今日の彼女は見違えるほど穏やかな仕草でナース帽を受け取っている。

紅葉は小さく微笑みながら立ち上がると、今度は副長から手にしていたローソクに灯をともしてもらう。紅葉の顔が、オレンジ色の灯りに浮かび上がった。

「紅葉さん、素敵ですねぇ～」

楓とは反対側の隣に座っている詠美が、感涙にむせびながら話し掛けてきた。

「そ、そうですかねぇ？」

「恥ずかしがらなくてもいいんですよ～。共にこの喜びを分かち合いましょう～」

詠美は潤んだ瞳《ひとみ》で忍の手を取ると、そのまま自らのふくよかな胸に押しつけた。

「神の祝福が皆にあらんことを……」

忍の手を胸に抱きしめたまま、詠美は静かにお祈りを捧げる。その柔らかな感触に、忍は一瞬だけ邪《よこしま》な感情に捕らわれたが、今がどういう場なのかを思い出し、慌てて彼女の胸から手を引っ込めた。

儀式は進み、燭台《しょくだい》を持った知沙や奈々菜も、紅葉の時と同じように、ゆったりとした動作で学園長の前に膝をつく。祝福と共にナース帽を被せてもらい、燭台のローソクに灯をともすと、柔らかくお辞儀をして立ち上がる。

たったそれだけの儀式だが、オルガンの音やステンドグラスから差し込む陽光の助けもあって、それは厳かな雰囲気で進行していった。

ローソクの光を浴びる女生徒たちは、誰もが天使か女神のようにさえ思える。

ナイチンゲールの精神を受け継ぐための儀式は、すべての女生徒たちが看護婦の象徴であるナースキャップを戴《いただ》き、学園長からの祝福の言葉で締めくくられた。

第四章　あなたの心を知りたい

戴帽式《たいぼうしき》から数日後。

女生徒たちの話題は、そろそろ始まる病院実習のことで持ちきりだった。

頭上にナースキャップを戴《いただ》いて、看護婦としての自覚が少しでも芽生え始めたのかと思えば、病院にはハンサムな患者がいるだろうか、有名人が入院しないだろうか……などというたわいもない話題ばかりだ。

(まあ……実習が始まれば、そんなことは言っていられないだろうけどな)

女生徒たちのお気楽な会話を聞きながら、忍はそっと溜《た》め息《いき》をついた。

「ほら、授業を始めるぞーっ」

パンパンと手を叩《たた》いて着席を促すと、女生徒たちはバタバタとおとなしく席に着いた。

やはり実習を控えているだけあって、浮ついているようでも、授業には身を入れて聞き入る体勢を取っている。

(ずっと、この調子だといいんだけどなぁ)

そんなことを思いながら、忍は実習に関する要点を黒板に書き込んでいった。

「あの～先生、質問があるんですけど～」

突然、ひとりの女生徒が手を上げて立ち上がった。忍が手についたチョーク粉を払い落としながら振り返ると、その女生徒は忍と紅葉を交互に見て、不敵な笑みを浮かべた。

「先生と舞岡さん……本当はつき合ってるんですか？」

「なっ⁉　い、いきなりなにを……」

忍がその質問に答える前に、教室がドッと沸き返った。

「ええ〜っ⁉　やっぱり、そうだったの〜⁉」

「ショックでかいよね〜！」

「禁断の恋に落ちる教師と生徒……燃えるシチュエーションですわね〜」

口々に勝手なことを言いながら、女生徒たちはヒソヒソと耳打ち話を始める。

（まったく……たまにはマジメに聞いているかと思えばこれだ……）

忍のフリー宣言によって、紅葉との関係はうやむやになっていたはずだ。それが再燃した理由は、やはり以前にも増して校内でベタベタし始めた紅葉の態度が原因だろう。

その紅葉が下手《へた》なことを言い出さないように、と忍は慌てて彼女の方を見た。だが、意外にも当事者である紅葉は、困惑した表情のまま硬直している。

「実際のところ、どうなんですか、中川先生？」

「ど、どうなんですかって言われてもなぁ……」

まだ忍の中に迷いはあるが、確かに紅葉との関係は、「恋人」と言っても差し支えないかもしれない。だが、それをここで公言するわけにはいかないのだ。

この場を切り抜けるために、援護を求めて知沙や奈々菜の顔を見たが、ふたりとも突然のことに目を丸くして忍を見つめている。

「か、可愛《かわい》い妹のような存在だよ、紅葉は……」

忍は仕方なく一番無難な答えを選んだ。

こんな曖昧《あいまい》な言い方では、紅葉が怒り出してしまうかもしれないと思ったが、

「そ、そうだよ……わたしと忍お兄ちゃんは、昔は一緒にお風呂《ふろ》にも入ってたんだから」

と、意外にも彼女は忍に同意するように頷《うなず》いた。

「だ、だから、その、兄妹みたいなもので……」

紅葉はしどろもどろになりながら、教室中を見回してそう言った。

「え〜、つまんな〜い、それってホントにただの兄妹じゃん」

「せっかく燃えるシチュエーションでしたのに……」

何人かの女生徒が口々に呟《つぶや》くと、教室の中は爆笑の渦に包まれる。

難を逃れてホッとしながら、忍は紅葉へと視線を向けた。紅葉も苦笑いを浮かべている
が、どことなく表情に冴《さ》えがない。

そんな彼女を、奈々菜が複雑そうな表情で見つめている。

（……あとでフォロー入れておくか）

溜め息をついた忍は、再びチョークを握って授業を再開した。

その日の放課後。

忍は人気のなくなった教室のドアを開けた。

「忍……お兄ちゃん？」

室内にひとりだけで残っていた紅葉が、座っていた机からポンと飛び降りた。

いつものような明るく活発な雰囲気ではなく、どこか遠慮のあるような態度で忍をジッと見つめている。やはり、今日の授業中のことが気になっているのだろう。

いつもなら止めろと言うぐらいすり寄ってくるのに、忍を見ても憂《うれ》いた表情を浮かべるだけであった。

「その……呼び出して悪かったな、ちょっと気になったもんだから……」

「気になったって……なにが気になったの？」

「だから、その……だな」

どう言ったものかと思案していると、紅葉は忍から視線を逸《そ》らすように、身体《からだ》ごと横を向いてしまった。

「……忍お兄ちゃん」

「う、うん？」

「忍お兄ちゃんにとって……わたしは今でも妹なの？」

「え……それは……」

「答えて、忍お兄ちゃん！　まだ、わたしは妹のような存在⁉」

叫ぶように言うと、紅葉は再び忍の方に顔を向けた。その瞳《ひとみ》にはうっすらと涙が浮かんでいて、忍は思わず息を飲んだ。

「ど、どうしてそんなことを？」

「質問してるのは、わたしだよ」

紅葉はギュッと胸の前で手を握り締めると、小さく嗚咽《おえつ》するように囁《ささや》く。

「初めて抱いてもらって以来……ずっと不安だった……」

「紅葉……」

「もう妹じゃないかもしれないけど……妹みたいな存在だって、まだ思ってるんじゃないかって……。だって、あれから忍お兄ちゃん、なにも言ってくれないんだもん」

「…………………」

忍は自分の迂闊《うかつ》さに舌打ちしたい気分であった。

ずっと不安に耐えていたのだろう。忍が紅葉の想《おも》いに応《こた》えて彼女を抱いてから、随分と月日が流れている。その間、忍ははっきりとした意志を紅葉に伝えていないのだ。

「ゴメン……」

忍は紅葉を抱き寄せると、指で涙を拭《ぬぐ》ってやりながら、そっと額に口づけた。

妹であるという思いが抜けきらないことは事実だが、紅葉を愛《いと》おしいと感じる心に偽り

はない。ただ、できるなら、もう少しだけ時間が欲しかったのである。

「その時が来たら……言うよ」

それだけを言って、忍は今度は唇を重ねた。

（ズルイやり方だな……）

と、自分自身でも思うが、他に紅葉の心を癒《いや》してやる方法を思いつかなかったのだ。

「んっ……忍お兄ちゃん」

小さくすくめられた紅葉の肩を抱き寄せ、忍は何度も何度も唇を奪った。舌先を紅葉の舌に絡めて、口の中の唾液《だえき》を味わうようにして深いキスを繰り返していく。

「んっ……ダ、ダメだよ」

うっとりとした表情を浮かべながらも、紅葉は教室の入り口を気にするようにチラチラとドアの方に視線を向ける。

「誰《だれ》か来たら……見られちゃうぅ」

紅葉は恥ずかしそうにそう言ったが、忍はその言葉を無視したまま彼女の上着に手を掛け、一つずつボタンを外して前をはだけさせた。

「忍お兄ちゃん……お願い、せめて鍵《かぎ》を掛けて……」

「大丈夫……もう誰もこないよ。それに、来たって別に平気だろ？」

「へ、平気じゃないよぉ……もう……知らないんだからね」

プッと頬《ほお》を膨らませる紅葉の身体を抱きしめながら、忍はその首筋にキスを重ね、ゆっくり胸元へと手を這《は》わせていった。

ブラジャーの上から、紅葉の膨らみを手で包み込むようにして揉《も》んでいく。その柔らかな感触が、忍のモノを徐々に高めていった。

「学校でエッチするなんて……なんだか恥ずかしい……」

いつ、誰が侵入してくるかもしれないという緊張感は、紅葉を萎縮《いしゅく》させると同時に、より深い刺激を与えているようだ。恥ずかしそうに身をくねらせながらも、その瞳はすでに熱く潤み始めている。

忍がピンク色のブラジャーをグッと押し上げると、形のよい紅葉の乳房がぷるんと飛び出してきた。弾力のある乳房の頂点は、まだ一度も触れてもいないのに、すでにツンと天を仰いでいる。

「やぁんっ……は、恥ずかしいよぉ……」

紅葉は頬を赤く染めて、忍の視線から胸を隠そうと身をよじった。

「……今更、隠すことないだろう」

「だ、だって……」

「もう、紅葉のすべては見せてもらっているんだからさ」

忍はそう言って苦笑しながら、背中を向けてしまった紅葉の背後から手を伸ばし、両手

で彼女の乳房をギュッと握りしめた。

「アンッ……！」

指と指の間に胸の先端を挟みながら、もみもみと彼女の乳房をまさぐるようにして刺激を与えてやる。しつこく揉み続けていくと、乳房は熱を持ったように火照り、少しずつ柔らかさを増していった。

「やんッ、ンッ！　……そ、そんなに揉んだら、形が変わっちゃうよぉ」

紅葉は鼻に掛かったような甘い声を漏らし始める。硬くなった乳首を指先で摘《つま》み上げてやると、彼女は背筋を大きく反らせてビクビクと身体を震わせた。

「両手を机の上についてごらん」

「こ、こう……？」

言われるままに机の上に両手を置いた紅葉は、忍に対して腰を突き出す形となる。忍は片手で彼女のスカートの裾《すそ》を掴《つか》むと、一気に腰まで捲《めく》り上げた。

「きゃあッ!?」

紅葉は恥ずかしそうに背後に手を回して、ショーツを覆い隠そうとする。だが、背後から忍に腰を掴まれているために、それは虚《むな》しい努力でしかない。

「き、今日は……その、エッチすると思ってなかったから……」

ショーツには、可愛らしいキャラクターがプリントされている。

「分かってたら、もっと大人っぽいのを着てきたのに……」

忍を振り返りながら、紅葉は恨めしげな表情を浮かべた。

「十分に可愛いよ」

忍は紅葉の反応にクスクスと笑いながら、キャラクタープリントのショーツに指を掛けて、膝《ひざ》まで引き下ろした。ショーツの大切な部分からは、ツーッと愛蜜《あいみつ》の糸を引く。どうやら、秘裂は十分に潤っているようだ。

「あ、明るいんだから……あんまり見ないでよぉ……」

イヤイヤするように首を振りながら、紅葉は消え入りそうな声で囁く。

だが、忍はそんな彼女の意志を裏切るように、ボリュームのある尻肉を両手で掴むと、グッと押し開くように左右に拡《ひろ》げた。

「やぁぁんッ！」

忍の眼前に紅葉のすべてが晒《さら》された。

愛蜜でテラテラと潤う陰裂も、尻のすぼまりに潜む蕾も……。

「は、恥ずかしくて死んじゃいそう……」

紅葉はギュッと目を閉じたまま、羞恥《しゅうち》でブルブルと身体を震わせている。忍はそんな彼女の下半身に顔を寄せていくと、熱く濡れた陰裂の周りに舌を這わせていった。

淫猥《いんわい》な紅葉自身の香りが鼻腔《びくう》をくすぐって、忍のモノをより硬くさせていく。

「あんッ……もっと……もっと……」

ジワジワと焦らすように周辺部分ばかりを舐《な》め回していくと、紅葉は切なそうな声を上げて腰をよじった。もっと強い刺激を与える部分に……と、さすがに声にすることができないようだ。

「もっと……って、こういうことか？」

紅葉の無言のおねだりに、ねっとりと舌先に絡みつくような愛蜜を味わいながら、舌先をすぼめて、クッと彼女の中へ沈めてやる。途端にガクガクと机を揺らしながら、紅葉は激しく髪を振り乱した。

「し、忍お兄ちゃんの舌が……熱いよぉ。やんッ……中で動いてるの……」

もう前戯は十分だろうと判断した忍は、紅葉から舌先を抜いて、ズボンのジッパーを下ろした。完全に怒張したモノを取り出すと、そのまま秘裂に先端部分を擦《こす》りつける。

「紅葉……もう少し脚を開いて」

「う、後ろから……するの？」

紅葉は少し怯《おび》えながら呟いたが、拒否する様子はない。おずおずとお尻を突き出し、内股《うちまた》を開いて受け入れやすい体勢をとった。忍はその丸いお尻を撫《な》で回したあと、彼女の細い腰を両手で掴んで、グッと身を押し出していく。

「ヤッ……あぁぁンッ！　あ、熱いの……熱いのが入ってくるッ！」

熱い愛蜜を先端に感じながらゆっくりと埋没させていくと、紅葉は背筋を仰け反らせて甘い声を上げた。

「やんッ、あッ、あんッ……中で……擦れて……」

前回とは違う角度で挿入したために、刺激される部分も異なるのだろう。紅葉はプルプルと、初めての快感に身体を震わせている。

「まだ二回目だけど、痛くないか？」

「う、うん……大丈夫……」

「そうか、じゃあ動くぞ」

忍は紅葉の返事を待たずに、ゆっくりと前後に腰を振った。途端、絡みつくような彼女の内部が、いきなり忍のモノを締めつけてくる。

「くッ……やンッ……なんだか……変な感じ……アッ！」

机の角を握り締めながら、紅葉は忍の動きに合わせて動き始めた。左右に腰を振って、無意識の内にペニスを感じやすい場所へと誘導しているのだ。

「ああッ……もっと……もっと奥まで入れて欲しいのッ！」

「よし、じゃあ……ご要望にお応えして」

忍は紅葉の腰を抱え直すと、ずんっ、と今まで以上に強い一撃を繰り出した。ペニスが根本まで埋没して、繋ぎ目《つなめ》からは溢《あふ》れるように愛蜜がこぼれ落ちる。

「あッ、ああンッっ！　き、気持ちいい……気持ちいいよぉ………」

「随分と憶《おぼ》えが早いじゃないか。紅葉は結構エッチなんだな」

「そ、そんなこと……」

紅葉はブルブルと首を振って忍の言葉を否定しようとしたが、身体は彼女の意志を無視して、狂ったように腰を振り続ける。そのたびに、結合部からクチュクチュという淫猥な音が聞こえてきた。

「やぁんッ……あ、頭が真っ白になっちゃうッ！」

学校でエッチをするという羞恥と、誰かに見られるかもしれないというスリルが、前回以上に紅葉を興奮させているのだろう。

その激しい乱れ方に誘発されるかのように、忍もいつしか限界まで上りつめていった。

徐々に思考が麻痺《まひ》し、腰を激しく前後させることのみが頭を支配する。パンパンと紅葉の尻に腰をぶつけていくうちに、ペニスの先端が痙攣《けいれん》したように震え始めた。気を抜けば、今にも発射しそうな状態のまま、忍はトドメとばかりに強い一撃を打ちつける。

「あうッ……あ、あああンッ!!」

恍惚《こうこつ》の表情を浮かべて身体を震わせながらも、紅葉は悲鳴にも似た声を上げる。

同時にうねるように収縮する彼女の肉壁に向けて、忍はペニスの先端から大量の精液を放出していった。

翌日の午後。

忍は昼休みが終わった時点で、授業用のノートを置き忘れて来たことを思い出し、さっきまで授業をしていた紅葉たちの教室へと向かった。

教室の前まで来てドアに手を掛けようとした時……。

室内から争うような声が聞こえて来て、忍は驚いて顔を上げた。

「……？」

このクラスは午後から実習室を使用するため、授業が始まった時点で誰もいなくなるはずである。不審に思った忍は、ドアの隙間《すきま》から室内の様子を覗《のぞ》いてみた。

なんだかこの学校に来て以来、覗き見ばかりしているような気もするが、生徒はすべて女の子なので、迂闊に踏み込んでプライベートなことに介入するわけにはいかないのだ。

自分にそう言い聞かせると、忍は教室の中の様子を伺った。

「おや……？」

室内にいるのは、どうやら紅葉と奈々菜のようだ。

すでに授業が始まっているのに、二人ともなにをしているんだろう……と、忍は訝《いぶか》しんだが、どうやら二人はいつものように談笑しているのではなさそうだ。

「そんなのって、酷すぎるよ！」

バン！と机を叩いた紅葉は、怒りに震える声で叫んだ。

「うん……分かってる」

「どうして？　奈々菜ちゃんは知ってたはずじゃないの？　わたしの気持ちをっ！」

「う、うん……」

見た限りでは、紅葉が一方的に奈々菜を責めているようだ。

ずっと仲のよい姿しか見たことがなかったので、忍はなんだか意外な気がした。

まあ、たまにはケンカのひとつもするだろうが、それにしてはやけに深刻そうだ。

お節介かもしれないが、見てしまった以上、放っておくわけにもいかない。だが、正式な教員ではない忍は、こういった生徒へのメンタル的なケアの方法を知らないのである。

どうしたものか……と、忍はしばらく悩んだが、二人とも親しい方だし、結局、仲裁に入ることにした。

「あー……どうしたんだ？　二人とも、なにを揉めてるんだ？」

忍がためらいがちにドアを開けて教室に入ると、二人は同時に振り向いて、驚いたように目を見開いた。

「し、忍お兄ちゃん……!?」

「あ、センセ……」

「二人がケンカしてるなんて、めずらしいじゃないか。……一体どうしたんだよ？」

腕を組みながら尋ねてみたが、二人は気まずそうに俯《うつむ》いたまま黙りこくってしまった。

「僕には言えないことなら、深くは訊《き》かないけど……」

沈黙してしまった二人に向けて言葉を重ねると、彼女たちの表情は余計に硬いものへと変化していった。かなり険悪なムードである。

しばらくの沈黙のあと、プイッと奈々菜から視線を逸らすと、紅葉は肩を怒らせたまま足早に教室から出ていってしまった。

「……吉野さん。どうしてケンカになっちゃったの？」

忍は大きく溜め息をつきながら、残った奈々菜の方に顔を向けた。陰鬱な顔をした奈々菜は、放っておけば自殺しかねないほど暗く落ち込んでいるようにみえる。

「えっと……なにか、紅葉を怒らせるようなことした？」

遠慮がちに尋ねると、奈々菜は無言のままコクリと頷き、

「……ボクが全面的に悪いんです。ボクのせいで紅葉ちゃんは怒ったんです」

と、囁くような声で言った。

「よく分からないけど……紅葉になにか言ったの？」

「はい……ボク、センセのことが好きになったって……」

「うんうん、それで？」

忍は奈々菜の言葉に相槌《あいづち》を打ったが、その言葉の意味を知って、思わず「えっ⁉」と問い返してしまった。

「い、今……なんて言った⁉」

「ボク、紅葉ちゃんの気持ちを知ってるのに、センセのことが好きになっちゃったんです」

「…………………」

「そのことを告白したら……やっぱり紅葉ちゃんには怒られちゃいました」

奈々菜はそう呟くと、自虐的な笑みを浮かべて忍を見つめた。

「でも……ボクの気持ちは本当です。ボクはセンセが好きです」

「吉野さん……」

返す言葉を失った忍の胸に、奈々菜は目に一杯涙を浮かべたまま飛び込んできた。見掛けよりも細く、華奢《きゃしゃ》な身体が忍の胸の中で震えている。

「ホントはずっと言わないつもりだったんです。けど……昨日、他の人がセンセと紅葉ちゃんがつき合っているのかって訊いた時、ボク……なんだか我慢できなくなったんです」

「…………………」

その身体をぼんやりと受け止めながら、忍の中にどうしようもない奈々菜への愛おしさが込み上げてきた。親友とケンカすることになってまで想ってくれるなど、男冥利《みょうり》に尽きるというものだが……。

（い、いかん……抑えろ、抑えるんだ忍っ！）

理性が必死になって忍を止める。

ここで奈々菜と関係してしまうようなことがあれば、紅葉に対して言い訳のしようがない。彼女を裏切るわけにはいかないのだ。

「……センセ……」

奈々菜は胸に頭を擦り寄せてくると、潤んだ瞳で忍を見上げる。

その切なそうな表情を見た瞬間、忍の頭の中で、ばぁんと理性が弾《はじ》け飛んだ。

忍は奈々菜の背中に手を回して抱き寄せると、その小さく震える唇にそっとキスをした。

「あッ、んんッ……」

奈々菜の喉《のど》から微かな声が漏れたが、忍は構わずに唇を割って舌を絡ませていくと、彼女自身をじっくりと味わうようにキスを深くしていく。

唇を重ねながら、奈々菜の身体を持ち上げて机の上に座らせると、忍は彼女の制服のボタンを一つずつ外していった。奈々菜はジッとされるがままになっていたが、服に手を掛けて脱がそうとすると、ビクッと身体を震わせた。

「……怖いの？」

「す、少しだけ……」

奈々菜は身体を硬くさせながらそう答えたが、呼吸を整えるように深呼吸をすると、自

ら上着を脱ぎ始める。するするという衣擦れの音が忍の聴覚をくすぐった。

「これで……いいですか？」

以前にこっそりと覗き見した時と同じ、水色と白のストライプ柄のブラジャーが、今は忍の眼前にある。

瑞々《みずみず》しい張りのある胸の膨らみを、キュッと寄せるように覆い隠していた。

忍は答える代わりに奈々菜の頬にキスをすると、そっと彼女の乳房に触れた。少し小振りだが、手のひらで包むと、ぷよぷよとした弾力を伝えてくる。

少し手に力を入れて鷲掴みにすると、

「あんっ！」

と、奈々菜は身体を震わせた。

痛がっている様子もないので、忍はそのまま両手でもみもみと奈々菜の乳房を揉んだ。

まだ少し芯に硬さを感じるが、それでも触り心地のよい胸だ。

「センセ……胸……大きいほうが好きですか……？」

「大きさなんて関係ないよ」

自信なさそうに尋ねてくる奈々菜に答えながら、忍は片手を彼女の背中に回してブラジャーのホックを外した。肩からストラップを落とすと、お椀《わん》を伏せたような膨らみが弾《はず》むように露《あら》わになる。

「セ、センセ……あんまり見ないでくださいね……」

奈々菜はそう言って恥ずかしそうに視線を逸らせたが、忍の視線は見事なまでの曲線を描く乳房に釘《くぎ》づけになった。テニスをしているために大胸筋が発達しているのか、少し小さめであるが、トップバストの位置はそこそこ高い。

忍はそっと乳房全体を持ち上げるように触れると、指先を使って乳首を押すように刺激してみる。指で転がしただけで、彼女の乳首はあっという間に硬くなった。

「……アッ、あンッ！」

奈々菜はビクンと身体を震わせ、必死で忍の背中にしがみついてきた。

「……つ、強くしないで……」

さほど力を入れたわけでもないのに、奈々菜はビクビクと反応を示す。

「こうすると痛い……？」

忍は奈々菜の乳房の先端に再び指を伸ばし、軽く擦るようにして愛撫《あいぶ》を続けると、

「きゃふッ、んッ……少し……痛いですぅ……」

奈々菜は思わずという感じで身を引いた。

どうやら、かなり敏感な身体をもっているらしい。乳房から手を離すと、奈々菜は忍の背中を抱きしめていた腕を緩めて顔を上げた。

「ごめんなさい……ボク、やっぱり少し怖くて……」

「……謝ることなんてないよ。最初は誰だって怖いと思う」

申し訳なさそうに呟く奈々菜に、忍は優しく微笑《ほほえ》んでみせると、そっと身体を離して床に落ちていたブラジャーや上着を拾い集めた。

「ボ、ボクは大丈夫です、続けてください……」

「いや……もうやめにしよう」

忍はそう言って、衣類を奈々菜に差し出した。

思いがけない奈々菜の告白に、つい理性を失ってしまったが、勢いだけで彼女を抱いてしまうのには、やはり抵抗を感じる。もちろん、据《す》え膳《ぜん》を放棄するというのは、男としてかなり残念なのだが、奈々菜と紅葉があのようなケンカまでしてしまったというのに、下半身の本能だけを優先させるわけにはいかないだろう。

「ボクじゃ……ダメですか？」

奈々菜は俯いたまま、ポツリと呟いた。

「吉野さんは十分に魅力的だよ。つい、僕もフラフラとその気になってしまったぐらいだからね。でも……」

忍はいったん言葉を切ると、奈々菜を見つめた。

「こんな場所で、君を抱いてしまうのは……」

優柔不断な台詞だと承知しながらも、忍は奈々菜に掛けるべき他の言葉を見つけること

ができなかった。

「……センセ、ボク」

奈々菜は服を身に纏《まと》いながら、再び呟くように言った。

「ボク……センセに告白したこと後悔してませんから」

「吉野さん……」

「紅葉ちゃんに悪いと思うけど……でも、ボク、もう自分の気持ちを抑えられないんです。

……ひどい女ですね、ボクって」

そう言い残すと、奈々菜はそのまま忍に背中を向けて教室を出ていった。

第五章　抑えきれない心

「さあ、今から病院での実習だから、ビシッと気合いを入れるのよ！」

バインダーを脇《わき》に抱えた楓が、ずらりと並んだ女生徒たちを前に大声を張り上げた。

戴帽式《たいぼうしき》を終えて准看護婦の資格を得た彼女たちは、いよいよ今日から病院での本格的な実習を開始するのだ。

外科病棟という初めての『現場』を前にして、女生徒たちは緊張の色を隠せないでいる。

忍も楓に同行して監督を務めることになったが、自分が初めて実習に出た時以上に不安であった。

「それと、ここに『注意書き』があるけど……」

と、楓は抱えていたバインダーを掲げる。

「今更あなたたちに注意を説明する必要はないわね」

キッパリと言い放った楓は、押しつけるようにしてバインダーを忍に渡した。途端に、女生徒たちからざわめきが起きる。

「ち、ちょっと楓さん、注意しなくちゃいけないんだって」

「どうして？」

いつもの省略癖だと思ってツッコミを入れたが、楓は腕組みをしたまま、横目で忍を睨《にら》みつけるようにして見た。

「ここにいるのは戴帽式を済ませた准看なのよ。一から説明することなんてないわ」

「……………………」

なるほど、道理だ……と、忍は沈黙せざるを得なかった。

実際それぐらいの心構えで立ち向かっても、現場の状況は常に変動する。医師や正看の指示に従うことすら、ままならない場合だってあるのだ。

確かに間違ってはいないが、ただでさえ不安を感じている女生徒たちが気の毒である。

「とにかく……あまり緊張すると思わぬ失敗をするから、適切な注意を怠らないように」

楓の教育方法の邪魔になるかとも思ったが、忍は一言つけ加えた。その一声で、彼女たちの間から、ホッと安堵《あんど》の溜《た》め息《いき》が漏れる。

「……甘いのね、忍クンって」

楓はクスッと苦笑して、女生徒たちに聞こえない程度の声で忍に囁《ささや》くと、

「さあ、じゃあ指示書通りにそれぞれの持ち場についてて！」

と、パンパンと手を叩《たた》いた。

それを合図に、女生徒たちはワラワラと持ち場に向かって駆けだしていった。

「うふふ……腕が鳴るわ」

腕まくりをした楓も、そのあとを追うようにして病院内に突進していく。なんだかんだと言っても、やはり楓は現場の人なのだろう。

忍は半ば呆《あき》れて楓を見送りながら、自分の持ち場へと向かった。

外科病棟は、忍のいた内科病棟とは違った匂《にお》いや風景がある。

まず、当然ながら包帯を巻いた患者が多い。車椅子《くるまいす》や歩行補助器を使う患者も、老人を除いて内科には少ないのだが、ここではあたりまえのように廊下を往復している。

それに使う薬品も消毒薬が多いために、空気の匂いが違うのだ。

忍が少し後れて実習に割り当てられた病室に入ると、さっそくなにかヘマをやらかしたのか、奈々菜が落ち込んだ表情で病室の床を磨いている。

「どうかしたの？」

忍は奈々菜に近づくと、肩を叩いて声を掛けた。

昨日、気まずい別れ方をしたままなので、どうしようかと少し迷ったが、なにかあったのなら講師としてフォローしておかなければならないだろう。

「あ、センセ……ボク、いきなり失敗しちゃった」

振り向いた奈々菜は忍に気づくと、捨てられた仔犬のような表情を浮かべた。

「なにを失敗したの？」

「それは……」

奈々菜の話によれば、シーツ交換の際に患者をベッドから落としてしまったらしい。失敗と言えば、あまりにも派手な失敗である。

「……そ、そんなに気を落とさないで。誰《だれ》にだって失敗はあるよ」

「はい、でも……」

「同じミスを繰り返さなければいいんだから。それに看護婦が暗い顔をしていたら、患者さんが不安になるでしょ？」

諭すように言うと、奈々菜は忍の目を真っ直ぐに見て小さく頷《うなず》いた。

「そう……ですね。センセの言う通りですね」

「そうそう。看護婦は元気が一番だって」

忍が明るく笑顔を浮かべると、徐々に奈々菜の顔にも血色が戻ってくる。

「はいっ！　頑張りますっ！」

ニッコリと微笑《ほほえ》んだ奈々菜は、張り切ってベッドや備品の拭《ふ》き掃除を始めた。浮かれてはいないものの、楽しそうに掃除をする彼女の姿に、忍はやれやれと嘆息する。

いつもと同じ元気な奈々菜を見ていると、まるで昨日の告白や、エッチ未遂が嘘《うそ》のようであった。しかし、彼女がチラチラと忍に向ける意味ありげな視線は、やはりあれが夢ではなく、現実であったことを示している。

（……紅葉はどうしてるだろう）

考えてみれば、あれ以来、紅葉とも会話をしていない。

気になった忍は、奈々菜のいる病室を出て隣の病室に入った。途端、不機嫌そうな表情

を浮かべた紅葉が、半ばやけくそのようになって掃除している姿が見える。

「コラッ、そんなに不機嫌そうな顔をして掃除するんじゃない」

忍の窘《たしな》めるような言葉に、紅葉は頬《ほお》を膨らませたまま顔を上げた。

「だって……現場での実習って聞いてたから、すごく気合いを入れたのにぃ」

奈々菜と違って、気持ちを切り替えずに実習に臨んでいるのかと思ったが、どうやらそうではないらしい。

「実習って、下働きばかりなんだもん」

少しも看護婦らしいことをさせてくれないのが不満のようだが、看護学生がいきなり注射を打ったりできるはずもない。一言注意しておこうと忍が口を開き掛けた時、空きベッドのマットをひっくり返した紅葉は、そのまま身体を硬直させて黙りこくってしまった。

「……なんだ、どうかしたのか？」

沈黙している紅葉の視線を追うと、そこにはエッチな本が落ちている。しかも、普通の本屋では売っていない、ヤバイ系のエッチ本だ。

「はは～ん……患者の誰かが隠してたんだな？」

忍がそう言って同室の男性患者を見回すと、全員がいきなり寝たふりを始めた。どうやら、この病室にいる患者のすべてが共犯者らしい。忍は苦笑しながら本を取り上げると、パラパラと捲《めく》ってみた。

「ち、ちょっと忍お兄ちゃん……そんな本、不潔だよぉ」

そう言いながらも、興味があるのか、紅葉は首を伸ばすようにして忍の手元を覗《のぞ》き込んでくる。ぼかしのない男女の営みの写真を見た途端、彼女は顔を真っ赤にした。

「ううっ……病室にこんな本を隠して、どうするの？」

「もちろん、自慰行為をするに決まってるじゃないか」

忍はキッパリと本の目的を言い放った。中高生でもあるまいし、これから看護婦になろうかという紅葉を相手に、とぼけたり誤魔化したりする必要はない。

「……そんなにはっきり言わなくても」

もじもじと身を捩《よじ》った紅葉は、口ごもりながらジト目で忍を見た。その様子に、寝たふりをしていた患者たちが、照れ隠しのヤジを飛ばす。

「……と、とにかく、こんな不潔なものを病室に持ち込むなんて」

紅葉は顔を紅潮させたまま、忍から取り上げた本をゴミ袋に捨てようとしたが……。

「患者さんは数ヶ月もの間、ベッドに縛りつけられているんだよね。紅葉が同じ立場だったら、どう思う？」

忍がそう言うと、紅葉はピクリと手を止める。

「……そうだよねぇ。患者さんって、いろいろと不自由な思いをしているんだもんね」

本をそっと元の位置に戻してマットを元通りにすると、紅葉は室内を見回して患者たち

に声を掛けた。

「その……あんまり、し過ぎちゃダメですよ」

「あ、あのな……」

フォローにもならない言葉に、患者たちは真っ赤になってシーツで顔を隠している。そんな照れくさそうな患者たちに気づかず、紅葉はブツブツと文句を言うこともなく黙って掃除を再開した。

(ま、いいか……)

とりあえず紅葉の様子に安心した忍は、病室から廊下に出て、忙しそうに走り回る他の女生徒たちに目を向けた。

一所懸命に仕事をしている者もあれば、楓に叱《しか》られている者もいる。そんな中で、廊下の隅でなにかを言い合っている女生徒たちを見つけた。

「尿瓶の洗浄、あなたがやりなさいよ」

「わ、私は他にやりたいことがあるのよね……」

なにを揉《も》めているのか、忍はすぐに理解した。どうやら汚物処理の押しつけ合いをしているらしい。看護婦として、決して避けて通ることができない作業だというのに……。

彼女たちに注意しようと歩き始めた時、知沙が忍の視界に入ってきた。

知沙は言い合いを続ける女生徒たちをよそに、自ら率先して汚物処理を始める。そのテ

キパキとした動作は、忍が見てきた正看護婦に比べて、なんの遜色《そんしょく》もないものであった。

「睦月さん、頑張ってるね？」

忍が声を掛けると、知沙はパッと明るい表情をみせた。

「ここできちんと学んでおかないと、あとで困りますから」

「ま、今やっている作業は基本中の基本だからね。これができないようではねぇ」

いかにも知沙らしい答えに頷き返すと、忍は気まずそうな表情を浮かべている女生徒たちを見る。忍の視線に気づくと、彼女たちは互いを押し合うようにして、その場から立ち去っていった。

(困った連中だな……)

忍は苦々しく彼女たちの後ろ姿を見送ると、熱心に作業を続ける知沙に視線を戻した。

「睦月さんは汚物処理はいやじゃないの？」

「……いいえ。中川先生はいやなんですか？」

「もちろん、いやだよ」

「え……？」

知沙は作業の手を止めると、明らかに困惑の表情を浮かべて忍を見た。

「中川先生もいやなんですか……」

「もちろん。でも、医師って職業が好きだから苦にならないのさ」

「じゃあ、いやだと思う気持ちは不思議じゃないんですね？」

やはり彼女の中にも多少はそんな気持ちがあったらしく、忍の言葉に知沙はホッとしたような顔をして微笑んだ。

「どんな仕事にも、好きなこととといやなことがあるさ」

「つまり……すべてを無理に好きになる必要はないってことですか？」

「そう、患者さんのためだと思えば、いやなこともできるってことだね」

忍が諭すような口調で言うと、知沙は納得がいったように何度も頷いた。生真面目な知沙は、いやな作業も無理やり好きになろうとしていたようだ。

「中川先生のおかげで、不安が一つ取れました」

ニッコリと微笑んだ知沙は、そう言うと再び汚物処理を始めた。

同じ看護婦を目指す女生徒たちも、それぞれこの実習を個性的に受け止めながら成長していくのかと思うと、忍はなんだか不思議な気がした。

やがて看護学校を卒業した時、彼女たちはどんな正看護婦になるのだろう。

忍はそんなことを想像しつつ、実習に励む女生徒たちを見回っていった。

病院での実習を終えて学校に戻ってきたあと……。

翌日の授業に必要な資料整理のために最後まで居残っていた忍が、ようやく仕事を終えて職員室を出たのは、午後の六時を回った頃《ころ》であった。

この季節は徐々に日の暮れるのが早くなってくる。

薄暗くなった廊下を歩いて、職員用の昇降口に向かうために保健室の前を通りかかった忍は、ふと室内で物音がすることに気づいた。

「あれ？　ここはもう閉めたはずなのに……」

誰か残っていたのだろうか、と忍は保健室に近寄ってみた。

最近はこのあたりに学校荒らしが出没するという話を、つい先日の職員会議で聞かされたばかりである。まさかとは思いながらも、忍は足音を忍ばせて保健室の前までくると、そっとドアを開けて中の様子を伺った。

「……ん？」

室内には、ベッドの上にぽつんと座り込んでいる人影がある。この学校の制服を着ているところをみると、生徒であることは間違いないだろう。その女生徒は毛布にくるまって、ぼんやりと宙を見つめていた。

（あれ……睦月さんじゃないか？）

眼鏡《めがね》を掛けていなかったので、普段とだいぶ印象が違うが、その横顔は知沙に間違いない。忍は保健室のドアを開けると、室内へと入って彼女に声を掛けた。

「睦月さん」

「えっ⁉　キャッ⁉」

不意に声を掛けられて驚いたのか、知沙はベッドの上であわてて後退《あとずさ》りをした。

「だ、誰ですか？　わ、私は、その……別になにも……」

「誰ですかって……その僕だけど」

「ボク……さん？」

怪訝《けげん》な表情で大ボケをかましながら、知沙は目を細めてジッと忍を凝視する。

「……眼鏡、掛けてみたら？」

「えっ……？　あ、そ、そうですね」

知沙は毛布の中でゴソゴソと動きながら、胸のポケットに入れてあったらしい眼鏡を取り出して掛けた。そして再び忍の顔を凝視すると、今度は大きく目を見開いて、あたふたと四つん這《よ》い《ば》になって近づいてきた。

「なっ、中川先生じゃないですかっ⁉」

「うん……声で気づかなかった？」

忍が苦笑しながら言うと、

「ホントに……ホントに中川先生なんですね」

と、知沙は呆然《ぼうぜん》とした表情で呟《つぶや》いた。

「僕がここにいるのが、そんなに意外？」

「あ……いえ、会えて嬉《うれ》しいです」

知沙は頬を染めながら、言葉通り嬉しそうに微笑すると、モジモジと上目遣いに忍の目を見つめてきた。

「でも、こんな時間にどうしたの？」

「……思い出してたんです」

「思い出すって、なにを？」

「前に……中川先生とここでこうして話した時のことを」

知沙は恥ずかしそうに言うと、再び毛布にくるまって顔だけを覗かせ、真剣な表情を忍に向けた。そんな知沙の姿を見て、そう言えばそんなこともあったな……と、忍は以前のことを思い出した。

あれは知沙が自主的に学校の掃除をしていた時、誤ってバケツの水を被《かぶ》ってしまったのだ。確かあの時も、知沙は今と同じように毛布に包まれて、ベッドの上に座っていた……。

「あの時から……ずっと、ずっと後悔してたんです」

「後悔……？」

「あの日、中川先生に優しくされた日、もっと大胆に……」

知沙はそこで一度言葉を切ると、少し躊躇《ためら》うような表情を浮かべたが、やがて思い切っ

たように続きを口にした。

「もっと大胆になって、先生に抱かれておけばよかった……って」

「え……」

忍が問い返すと、知沙は真っ赤になった顔を毛布に埋めてしまった。

(抱かれておけばって……)

知沙の告白に、忍はしばらく呆然となった。彼女がそれとなく好意を示してくれていることには気づいていたが、まさかそこまでとは思ってもみなかったのだ。

「中川先生……」

忍が沈黙していると、知沙は毛布から不安そうな顔を覗かせた。

「……私じゃダメですか？　たとえ一度でも抱いてもらえませんか？」

「ダメってわけじゃないが……いや、そういう問題じゃなくて……」

忍は思わず狼狽《ろうばい》してしまった。ひとりの男としては嬉しい限りの言葉なのだが、立場上、はいそうですか……と抱けるはずがない。

「舞岡さんとのことは聞いています。……だから、恋人にしてくださいとは言いません」

知沙はそう言うと、ベッドから降りて忍の前に立った。被っていた毛布が、ふわりと床に落ちる。その毛布を拾おうと屈《かが》んだ忍の手を、知沙がそっと握りしめてきた。

「……ん？」

柔らかく温かな手の感触に、忍がつと顔を上げた瞬間。

しっとりと潤った柔らかな唇が、忍の唇に重なってきた。甘く切なくなるような、熱い吐息。目の前には、赤く火照った知沙の頬があった。

「先生……変な子だと思わないでくださいね」

そっと唇を離した知沙は囁くような声でそう言うと、ゆっくりと制服のボタンを外し始めた。忍が呆然とその姿を見つめているうちに、彼女は制服のブラウスを脱ぎ去り、白いブラジャーを露出させる。

「む、睦月さん……本気、なのかい？」

「はい……私は自分の気持ちに、素直に行動したいんです」

知沙は忍の問いに、頷きながら小さく答えた。

それはいつか忍が知沙に向けて送った言葉である。

単に身体《からだ》を開くだけではなく、知沙がなにかを乗り越えようとしていることを悟って、もう忍はなにも言えなくなってしまった。

「んっ……中川先生……」

そっと肩を抱き寄せながら唇を重ねていくと、知沙は少し震えながらも忍のキスを受け

止めた。華奢《きゃしゃ》な知沙の身体をゆっくりとベッドの上に押し倒しながら、舌先でつつくように彼女の唇をノックする。

その求めに応じ、おずおずと開かれた知沙の唇を割って、忍は舌で彼女の舌を捕らえようとした。怯《おび》えるように縮こまった舌を、絡めるようにしてじっくりと味わう。

「うッ……」

これだけ深いキスは初めてなのか、知沙は苦しそうに喉《のど》を鳴らした。

そっと顔を離すと、彼女は恥ずかしそうにギュッと目を閉じながらも、積極的に忍の首筋に腕を絡ませてキスの続きを求めてくる。

「先生に……先生にこうして欲しかったんです……」

忍は答える代わりに、再び知沙に唇を重ねていく。キスを繰り返しながら、知沙の胸元に手を伸ばすと、ブラジャーの上から豊満な胸を、手のひらで覆うように包み込んだ。

「んッ……先生、そこは……」

知沙はキスを止めて、胸へと伸びた忍の手をチラリと見たが、拒否する様子はない。

忍は手のひらに余るほどの乳房を、ゆっくりとふもとから頂点へ向けて、しっかりと揉み込んでいった。

「あッ、あンッ、へ、変な感じがしますぅ……」

緊張しているためか、彼女の身体は、忍が胸を揉むたびに小さく震え始めていく。

「もっと力を抜いて……」

「は、はい……でも……」

忍は耳元でそっと囁いてみたが、知沙は無意識の内に身体を強張《こわば》らせる。

もっと緊張を解《ほぐ》してやった方がいいと判断した忍は、知沙の紅潮した首筋へと舌先を這わせていった。少し強引かと思ったが、胸を揉む手を緩めず、舌と唇を使って首筋から鎖骨、胸元までを執拗《しつよう》に愛撫《あいぶ》していく。

「あんっ……ぞくぞくしちゃいますぅ……」

身体を震わせていた知沙も、時間が経《た》つにつれて、少しずつ切ない声を上げ始めた。

忍は頃合いだろうと察して、フロントホックの留め金に指先を当て、軽く弾《はじ》いて彼女の豊満な胸を露《あら》わにした。

普段から結構あるだろうなと思ってはいたが、実際にこうして見ると、思わずゴクリと喉を鳴らしてしまいそうなほどの大きさだ。

「キャンッ……あ、あんまり見ないでください」

視線を感じた知沙は、慌てて忍の手を押さえ込むと、

「私……その、そんなに形よくないし、あの、太ってるから……」

と、泣き出しそうな表情を浮かべて囁いた。

知沙は自信なさげだが、実際にはサイズの割にきれいな形をした乳房だ。

鎖骨がくっきり浮かび上がっているところをみると、決して太っているわけではなく、乳房だけが発達していることが分かる。

「睦月さんは全然太ってないし、形だって凄《すご》く綺麗《きれい》だよ」

忍は優しく知沙の手を離しながら答えると、ブルブルと震えている乳房をナマで鷲掴《わしづか》みにした。

「あンッ……！」

ビクッと知沙の身体が震える。

紅葉や奈々菜とは違い、知沙の乳房は豊満なだけに少女特有の硬さがない。やわやわと揉み込んでいくと、忍の手のひらの中で自在に形を変えていく。忍はその柔らかさを堪能しながら、その頂点に指で触れてみた。

「あんッ、あッ……む、胸が……熱いですぅ」

指先で乳首を摘《つま》んだり引っ張ったりしていると、知沙の身体から徐々に緊張が抜けていき、いつしかうっとりとした表情を浮かべるようになった。

忍は知沙のスカートの中に手を滑り込ませると、ショーツで覆い隠された彼女の大切な部分に指先で触れた。途端、甘い声で喘《あえ》いでいた知沙が、ギュッと身体を強張らせる。

「せ、先生……そこは……まだ……」

「大丈夫だよ。怖くないから……」

忍が優しく言うと、慌てて太股《ふともも》を閉じようとしていた知沙は、おそるおそるという感じで脚の力を抜いた。忍はショーツの隙間《すきま》から指を潜り込ませると、ヘアの上から割れ目をなぞるように動かしていく。

知沙は身体を震わせながらも無言で耐えていたが、指を陰裂の間に侵入させると、

「あッ……アンッ！」

と、腰を跳ね上げるように反応を示した。

「痛い？」

「い、いえ……でも……む、むず痒《がゆ》くて……変な気持ち……」

知沙は戸惑ったように感想を洩《も》らした。

濡れているとまではいかないが、彼女のそこは確かに湿り気を帯び始めている。少しずつ侵入させた指を沈めていくと、知沙は怯えたような表情を浮かべた。

「な、中に先生の指が……入って……」

反射的に腰を浮かせながら、知沙は艶《いろ》っぽい声を上げる。

「あッ……あ、あんまり中に入れないで……」

瞳《ひとみ》に涙を浮かべた知沙の頭を優しく撫《な》でながら、忍は彼女の愛蜜《あいみつ》で潤い始めたヘアを掻《か》き分けて、指先を快楽のボタンへと伸ばした。

「キャンッ！　あッ、あッ……ダ、ダメぇっ！」

指で転がすようにクリトリスを愛撫していくと、知沙は忍の腕にしがみつきながら、腰を引いて指から逃げようとする。痛みによる拒否でないことを確認しながら、忍は更に激しく指先を動かしていった。

「あンッ……あうッ、せ、先生ッ……」

最初は指の侵入を拒んでいた淫扉も、徐々にその締めつけを弱め、いつしか忍のペニスを受け入れる状態を作り出している。忍が知沙の身体に残っているスカートを脱がせようとすると、彼女もされるがままに、腰を浮かせて脱がせやすいように協力した。

ショーツだけの姿となった知沙は、

「恥ずかしいです、先生……」

と、両手で顔を覆い隠しながら囁いた。

「怖かったら止めてもいいよ。……その……無理はしなくていい」

このまま続けるべきか、忍の方にも迷いがあった。ここで止めるべきだという心と、このまま続けてしまえという心が忍の中で激しくせめぎ合う。

だが、知沙はそんな忍の心を察したかのように、

「止めないでください」

と、悲痛な表情を浮かべた。

「……怖いです、怖いですけど……もう、後悔はしたくないんです」

知沙はそう言うと、自らショーツに手を掛けて、ゆっくりと引き下ろし始めた。途中、躊躇うように何度も手を止めたが、自分になにかを言い聞かせるようにギュッと目を閉じると、一気に脱ぎ去った。

「は、恥ずかしくて……死んじゃいそうですぅ……」

ショーツを足首から抜くと、知沙は再び手で顔を覆った。

そんな知沙の姿に、忍は覚悟を決めた。彼女は羞恥《しゅうち》に全身を桜色に染めてまで、忍を受け入れようとしているのだ。

(ゴメン……紅葉)

忍は手早く衣服を脱ぎ捨てると、そっと知沙の頬に手を添えて、彼女の上に覆い被さっていった。こうなった以上、知沙の身体を十分に堪能したいという思いが芽生えてくる。

忍は首筋から胸、胸から腹部へとキスを織り交ぜながら愛撫を続けた。

「あッ……あふッ……先生の舌が……」

忍の頭を抱きしめながら、知沙は身をくねらせて甘い声を上げる。

恍惚《こうこつ》の表情で忍の舌先の動きを見つめながら、知沙は内腿《うちもも》を擦《す》りつけてきた。空いている手をそっと知沙の秘裂に這わせると、シーツまで湿らせるほどの愛蜜で潤っている。

「もう……入れてもいい？」

「……いいんです、私、先生に……もらって欲しいんです」

忍が顔を覗き込むようにして尋ねると、知沙は小さく首を横に振った。恥ずかしそうに頬を赤く染めながらも、覚悟を決めたようにゆっくりと脚をひらいていく。

知沙の潤んだ瞳を見つめながら、忍は彼女の内部へと身を進ませた。

「あうッ！　い、痛っ……ンクッ」

苦痛に身を強張らせながら、知沙は忍のペニスを受け入れようと必死で痛みを堪えている。しかし、彼女の入り口は予想以上に狭く、先端部分がなんとか潜り込んだだけだ。

「先生……は、入ってますか？」

「まだ頭の先しか入ってないよ」

「そ、そんな……私、ダメなんでしょうか……」

知沙は泣きそうな表情を浮かべて、下から忍の顔をジッと見つめた。

「そんなことはないさ」

知沙の腰を抱えるようにして少しだけベッドから浮かせると、忍は角度を変えて、一気に彼女の中へと腰を突き出していった。硬く怒張した忍のペニスは、知沙の破瓜《はか》を感じながら、ズブズブと奥深くへと埋没していく。

「あああぁッ！　い、痛ッ！」

知沙は大きく背中をのけ反らせた。

ギュッとつぶった目に大粒の涙が浮かんだが、最後まで繋《つな》がってしまうと、

「痛い……です、けど……先生と……ひとつになれました……」

と、彼女はわずかに微笑みを浮かべる。

「ああ、ひとつになったよ」

忍はそう言って笑顔を返すと、ゆっくりと動き始めた。

入れるまでは少し手こずったが、一度受け入れてしまうと、知沙の中は柔らかく、ぬめぬめと温かい肉が忍のモノを包み込んでくる。できるだけ負担を掛けないようにと気を使いながら、忍は腰を前後させていった。

「セックスって……温かいものなんですね……」

知沙はうっとりとした表情で呟きながら、忍の首に腕を回してくる。

「睦月さん、痛くない？」

「ん……平気です。それよりも、今だけでいいですから……知沙って呼んでください」

「分かった。……知沙」

「ああ……嬉しい。私は平気ですから、先生も気持ちよくなってください」

可愛《かわい》いことを言いながら、知沙は健気《けなげ》にも自ら腰を動かし始めた。処女を失ったばかりなので、痛みもあるはずなのに。

忍はそんな知沙の想《おも》いに応《こた》えるべく、少しでも痛みを和らげてやろうと、片手でクリトリスを刺激しながら、腰の動きを再開した。

「あンッ、あふッ……なんだか、変に……なっちゃいそうです」

徐々にペースを上げていくと、しっとりと汗ばんだ知沙の乳房が、忍の動きに合わせてブルブルと揺れる。忍はその乳房を揉み込みながら、眉根《まゆね》を寄せて恍惚とした表情を浮かべ始めている彼女の顔を覗き込んだ。

「初めてなのに、感じてるの？」

「そ、そんなこと……分からないです……あふッ」

普段は知的で真面目そうな顔しか見せない知沙も、身体に与えられる快楽を受け止める時には、こんなにも淫《みだ》らでいやらしい表情を浮かべるものらしい。忍はもっとその表情を見たくて、両手で彼女の腰を持ち上げると、今までよりも激しく、肌と肌がぶつかって音を立てるほど腰を打ちつけていった。

「あぁンッ……あッ！　あうッ……あンッ……！」

忍が身体を起こしたために、すがりつくものをなくした知沙の両手は、その代わりにとばかりにベッドのシーツを握りしめる。

「き、今日は大丈夫ですから……あんッ、せ、先生のを中にくださいッ！　先生ので……私をいっぱいにしてッ！」

「く……いくよ、知沙……」

痙攣《けいれん》するような知沙の肉に誘われて、忍は彼女の中にすべてを放出した。

「あッ……」

体内に注ぎ込まれる忍の精を感じるのか、知沙ビクビクと身体を震わせながら、小さく呻《うめ》くように喉を鳴らした。彼女の内部は忍が放出を終えても、最後の一滴まで搾り取るかのように忍に絡みついてくる。

「あああッ……中が……熱くて……先生ので、いっぱいになってます……」

目に涙を浮かべながら、熱い吐息を漏らす知沙を抱きしめるように、忍は彼女の上に崩れ落ちていった。


翌日の放課後、忍は詠美の姿を探して聖堂を訪れた。

この時間なら多分いるはずだと思っていたのだが、詠美の姿は見あたらなかった。

どこかへ出掛けているんだろうか……と、聖堂内を見回した時、忍は聖堂の隅で熱心に本を読んでいる詠美の姿を見つけた。

かなり集中して読んでいるらしく、忍が入ってきたことにも気づいていないようだ。

忍はゆっくりと近づくと、「詠美先生」と彼女の肩にポンと軽く手を置いた。

「きゃあっ！　だ、誰ですか〜っ⁉」

慌てて椅子から飛びのいた詠美は、大きく目を見開いて忍の顔を凝視する。

「あ……驚かせちゃいましたか、すいません」

「な、中川さんでしたか～。……ビックリしちゃいました～」

声を掛けたのが忍だと分かって、詠美はホッとしたように微笑んだ。

「夢中になっていたみたいですけど、なんの本を読んでいるんですか？」

「あ、これですか～？」

詠美の手元を覗き込むように身を乗り出すと、彼女は本を抱え上げて表紙を見せた。

タイトルは「眠り姫」とある。

「これって……あの、いばらの森の眠り姫ですか？」

「いいえ～、それとは違うお話です」

詠美はクスクスと笑いながら、手元の本に視線を落とした。

「これはですね～、ちょっと大人向けの、いやらしい描写がある本なんですよ～」

「えっ……官能小説ですか⁉」

「そうじゃないんですけどね～、ただ内容は結構過激ですねえ～」

そう言って詠美は導入部分だけを語ってくれた。

忍の知っている眠り姫とは違って、この本の姫は王子のキスによって目覚めるのではなく、強姦《ごうかん》によって目覚めるらしい。

それだけでも、かなり過激な内容だと分かる。

「へぇ……詠美先生も、そういう本を読むんですね」

考えてみれば、詠美は博愛の言葉の元に、今までも忍に対して肉体による愛情表現を示してくれているのだ。シスターの身で……というのは勝手な思い込みに過ぎず、素直に愛を示すというのも神の教えの一部なのだろうか。

「あの……どうかされたんですか～、中川さん～？」

忍が無言でいると、詠美は訝《いぶか》しむように首を傾げて問い掛けてきた。

実は忍が聖堂を訪れたのは、ある意味で懺悔《ざんげ》をしに来たのである。相手が同僚なので少し迷ったのだが、同じ講師であり、シスターでもある詠美以外、他に相談する人物は見あたらなかったのだ。

「実は……ですね……」

言い辛いことであったが、忍はこの数日に起こった女生徒たちとのこと……妹のような存在に過ぎなかった紅葉と一線を越えてしまったことから、奈々菜に告白されたこと、知沙を抱いてしまったことを、すべて詠美に打ち明けた。

こんなことを講師である詠美に話してしまっていいのだろうか……と、思いながらも、忍は心の負担になっている紅葉と奈々菜の不和まで一気に喋《しゃべ》ってしまった。

詠美は忍の言葉に静かに頷きながら、最後まで無言で話を聞いてくれた。

「僕って……ただのスケベなだけの男なんでしょうか？」

「……そうですね～、少し無節操なのではないでしょうか～」

「うっ……」

詠美の言葉がグサリと胸に突き刺さる。

女生徒の方ばかりに意識がいっていたが、考えてみれば忍は詠美ともエッチなことをしているのだ。彼女が本気で忍のことを想っているのかどうかは分からないが、こんな相談を持ち掛けること自体を不快に感じるかもしれない。

だが、詠美はおだやかに表情を浮かべたまま、クスクスと笑った。

「でも～、男の方の下半身が無節操なのは仕方ないことですよね～」

「そ、そうでしょうか……？」

「中川さんの本当の気持ちは舞岡さんにあるような気がしますが～、時に他の女の子に気持ちが向いてしまうのも分かるような気がします～」

「これって、やはりいい加減ですよね？」

忍は自嘲《じちょう》気味に笑った。自分でも分かっていることなのだが、相手が真剣に想いをぶつけてくると、ついそれに引きずられてしまうのだ。

「それだけ優しいということなのではないでしょうか～？」

「でも、相手からすると無責任なのでは……」

そう言いながら、忍はチラリと知沙のことを思った。確かに彼女は一度だけでいいから

……と、自ら忍に抱かれたのだ。だが、それをそのまま受け止めてもよいのだろうか。

「女にも性欲はありますよ～、好きな人に抱かれたいと思う気持ちも～」

「そ、そうなんですか……」

「ですから～、思い詰めず、自分の気持ちに正直になった方がよいと思います～」

「じゃあ、詠美先生も性欲を感じたりするんですか？」

「それは……やはり、私も女ですから～」

忍の言葉に詠美はポッと頬を赤らめて、手にしていた本を背中に隠してしまった。

シスターといえども、詠美は完全に性を否定しているわけではないので、当然、他の女性のように欲求不満になることもあるのだろう。

「あはは……もし、詠美先生がよければ、僕がいつでもお相手しますよ」

忍はそう言って愛想笑いを浮かべる。

無論、冗談のつもりだったのだが、詠美はその言葉にパッと顔を輝かせた。

「えっ？　本当ですか～？」

「ええ……ま、まあ……詠美先生が望むのなら……」

意外な詠美の反応に忍は思わず戸惑ってしまう。女生徒ならともかく、相手が大人の女性である詠美なら、軽く受け流してくれると思ったのだ。

しかし……考えてみれば、詠美は今までにも忍に対してずっと好意をみせているのだ。

（洒落《しゃれ》にならない言葉だったかもしれない……）

そう後悔した時、詠美は忍の手を取って、そのまま身体を預けるように抱きついてきた。

「あ、あの……詠美先生……その僕はですね……」

「なにも仰らなくていいですよ～。これは私の希望なのですから～」

詠美は忍の胸にギュッと豊満な膨らみを押しつけてくる。この状況をどうしようかと悩みながらも、モノだけは勝手に反応を示して硬くなり始めていた。

「し、しかし……僕は……」

「愛というのは、見返りを求めないことです～。私は中川さんを愛していますが、こうすることによってあなたを拘束しようとは思いません～」

そう言うと、詠美は背伸びをして、ちゅっと軽く忍の唇にキスをした。

「ですから……お願いします～」

「詠美先生……」

懺悔に来たというのに、こんなことをしていいのだろうか……と思いつつも、忍の手は無意識の内に詠美の胸をまさぐり始めていた。ふわふわと手の中で形を変える彼女の乳房を揉んでいるうちに、忍の理性は徐々に崩壊していく。

「あ……ちょっと待ってください～」

詠美はスッと忍から離れると、自らシスター服の前をはだけて下着を取り去り、白い乳

房を取り出した。ボリュームのある白い胸が忍の前に晒《さら》される。胸の狭間に揺れる十字架が、なんだか余計にいやらしさを強調しているようだ。

更に詠美は聖堂にある机の一つに腰を掛けると、スカートの中に手を入れ、ゆっくりとショーツを下ろして片脚から抜いた。そしてそっと両脚を開いていく。

ゴクリと、忍は思わず喉を鳴らしてしまった。

いつもの清楚《せいそ》なイメージとは掛け離れた詠美の行動に、ズボンの中のモノははち切れんばかりに高ぶっている。

「んっ……」

詠美が脚を開くにつれて、彼女の生々しい部分が徐々に忍の視界に入った。詠美の陰裂は、なにもしないうちから溢《あふ》れるほどに濡れている。完全に開脚すると同時に、クチュッといやらしい湿った音が聖堂に響いた。

「ダ、ダメですよ～、そんなにジッと見たら……」

頬を赤く染めながら、詠美は恥ずかしそうに忍の顔をチラチラと覗き見る。しかし、そんな言葉とは裏腹に、彼女は忍の手を取って熱く濡れた秘裂へと誘った。

詠美の秘裂は触れるだけで火傷《やけど》しそうなほど熱く濡れている。淡い茂みは愛蜜でしっとりと潤い、忍に指先に絡みついてきた。

「ンッ……な、中川さんの指が……触れるだけでゾクゾクしちゃいます～」

蕩《とろ》けそうな表情を浮かべながら、詠美は震える声で忍に告げる。

そっと詠美の秘裂に指先を這わせて、淫扉の周りをなぞるようにして刺激していくと、そのたびに溢れ出る愛蜜が、忍の指先をしっとりと濡らしていった。

「すごいですね……詠美先生」

「はぅンッ！　あんッ、んッ……は、恥ずかしいですぅ～」

腰をくねらせながら甘い声を上げる詠美の胸に顔を寄せると、忍は小さく隆起した胸の先端にキスを重ねる。舌先で転がすように刺激を与えると、彼女は忍の頭を抱きしめるようにしながら、更に自分の胸元へと押しつけてきた。

「ふぅんッ……胸の……胸の先がビリビリします～」

「もっと強くした方が気持ちいいでしょう？」

胸の先端に歯を当てながら少し強めの刺激を与えていくと、詠美の乳首はほどよい弾力で忍の歯を受け止める。その都度、彼女の身体はビクビクと反応を示した。

「あンッ！　あッ、んんッ……す、少し強すぎますぅ～」

「こっちの方がいいですか？」

腰を擦りつけるようにして愛撫を促してくる詠美の陰裂に手を這わすと、忍はそこが十分に濡れていることを再確認して、ゆっくりと指を沈めていった。ぬめった温かさが忍の指を包み込むと同時に、ギュッと絞るように締めつけてくる。

「あうッ……ゆ、指じゃなくて……中川さんのが欲しいです～……」

悩ましげに腰を振りながら、詠美は潤んだ瞳で忍を見つめた。

言われるまでもなく、すでに硬く勃起《ぼっき》したモノをすぐにでも詠美の中にぶち込んでやりたい衝動に駆られていた忍は、ズボンの前を緩めながら彼女を机の上に横たわらせると、その両脚の間に割って入った。

「な、中川さん～……来て……ください～」

指で自分の秘裂をいっぱいに押し広げた詠美は、囁くように言うと静かに目を閉じる。

忍は詠美に頷き返しながら、手を添えて彼女の淫扉にペニスを押しつけていった。ぬるりとした熱い愛蜜が先端を濡らし、忍のモノは更に怒張していく。

「一気に……奥まで入れてください～……」

キュッと目を閉じた詠美は期待に息を弾《はず》ませながら、少し腰を浮かせて忍を受け入れやすい体勢を取る。忍は彼女の要望通り、細い腰を抱えて一息で根本まで沈み込んだ。

「はぅぅンッ！」

挿入しただけで詠美は感極まった声を上げ、

「な、中川さんの……思ってたよりずっと大きいですぅ！」

と、髪を振り乱しながら、自分の胸を激しく手で揉み始めた。

詠美の内部は少女たちとは違って、とろけるような感触を忍のペニスに与えてくる。熱

い愛蜜が絡みつき、先端から根本までを包み込むように絞り上げてきた。まるで、すぐにでも精子が欲しいというように、肉をうねらせて敏感な部分に刺激を与えてくるのだ。

「くっ……詠美先生の中……すごいですね」

「あんッ……はぅんッ……わ、私も中が擦れて……気持ちいいです～」

詠美の甘い声に促されて、忍はがむしゃらに腰を使った。二人の結合部からこぼれる卑《ひ》猥《わい》な音が、更に興奮を加速させていく。秘裂から溢れる愛蜜が、忍のペニスを伝って聖堂の床に染みを作る。

「あぁンッ、はぅんッ……もっと、もっと激しく……」

「じゃあ……もっと感じるようにしてあげますよ」

そう言うと、忍はまず詠美の身体にまとわりつくスカートを剥《は》ぎ取《と》った。そして、彼女の背中に手を回し、引き起こすようにしてその身体を抱え上げる。

「あッ……！」

繋がったまま持ち上げられたことにより、詠美の中で忍のペニスが思わぬ部分を刺激するのか、彼女はのけ反るように身悶《みもだ》えた。

「ンッ！　あッ……中川さんッ、こ、こんな格好……」

「ちゃんと掴まっててください」

忍は両手で詠美の臀部《でんぶ》を抱えると、その姿勢のまま下から激しく突き上げていった。

一突きするたびに、ガクガクと身体を震わせながら、詠美は必死になって忍の首にしがみついてくる。今まで以上の深い繋がり方に官能を刺激されるのか、ペニスの動きに合わせて、彼女は自ら積極的に腰を振り始めた。

「はッ、あンッ……お、奥に……当たってます～」

詠美は悩乱したように激しく首を振ると、今度は忍の唇から頬、そして首筋へと貪《むさぼ》るようにキスの雨を降らせてきた。忍もそんな詠美に応えるように、ずん、ずんと腰を突き上げてやる。

「ンッ、はぁんッ、んあッ……気持ちいいッ、気持ちいいです～」

「僕も気持ちいいですよ……詠美先生」

忍はしっとりと汗ばんだ詠美の尻肉を両手で鷲掴んだまま、反動をつけて、ねじり込むように腰を左右に振る。

「ああンッ、あふッ、はぁんッ、もっと、もっと欲しいの……」

豪快に出入りするペニスをしっかりと受け入れながら、詠美は忍の背中に爪《つめ》を立て、自らより深い快感を得ようと腰を擦りつけてきた。忍はそんな詠美の胸に吸いついて、桜の花びらのようなキスマークを、いくつも彼女の身体に刻んでいく。

「はぁんッ、んッ……頭が……頭が真っ白になっちゃいます～」

絶頂が近いのか、忍が一突きするたびに、詠美の内部はヒクヒクと収縮を繰り返し、熱

くうねってモノを強く締めつけ始める。その動きに促され、忍は詠美の腰を高く持ち上げては落とすという行為を繰り返していく。

「アンッ、はぅんッ……私、イッちゃいそうです～」

豊満な胸の膨らみを忍の胸板に押しつけながら、詠美は全身を痙攣させる。最後とばかりに強い突き上げを繰り出した途端、彼女は大きく身体をのけ反らせて、絶頂へと上りつめていった。

「んッ、あンッ、ああッ、はうッ、はぁぁぁぁんッ!!」

比類ない快楽を受け止めながらも、どこか切なげな表情を浮かべる詠美。その美しい顔を見つめながら、忍は彼女の中へ射精した。

詠美は絶頂の余韻に身をくねらせながら、忍のすべてを細い身体で受け止めていった。

第六章　心を癒してくれるのは……

休日……忍は暇をもてあましていた。

(さて、これからどうしたものかな)

公園を散歩しながら、このまま街に買い物にでもいくか……と考えた。

もっとも、買い物といっても服を数着買えば用事は終わる。そのあとは、いつものように本屋にでもいって、喫茶店でコーヒーでも飲んで時間を潰《つぶ》すしかない。

財布の中身を指先で確認しながら、ぼんやりと一日の予定を組み立てていると、

「あ……結構持ってるじゃん、今日の忍お兄ちゃん」

と、いきなり耳元で声が聞こえた。

「どわわっ⁉」

慌てて声のする方を振り返ると、そこには嬉《うれ》しそうな顔で忍の財布を覗《のぞ》き込んでいる紅葉の姿がある。

「そっか、この前給料日だったもんね」

紅葉はキュッと忍の腕を抱きしめた。

忍を見つけて走ってきたのか、彼女は軽く息を弾《はず》ませている。キャンディかなにかを頬《ほお》張《ば》っているらしく、その息はほんのりとフルーツの甘い香りがした。

「も、紅葉か……驚かすなよ」

「たまたま買い物にいこうと思ったら、忍お兄ちゃんを発見したの☆」

「そうか……」

近所に住んでいるといっても、病院に勤めていた頃《ころ》は生活時間帯が違っていたせいで、まず外で出会うということはなかったのだが、講師をするようになってからは時々こうして見掛けるようになっていた。

「きっと、運命の赤い糸で結ばれてるんだねっ」

「町内を歩いていて、隣人に会っただけで運命か？」

忍が苦笑しながら言うと、紅葉は少し戸惑ったように、

「……と、とにかく、二人は結ばれてるってことだよね」

と、引きつった笑みを浮かべながら、忍の顔をジッと睨《にら》みつける。まるっきり子供のような態度の紅葉に、忍は思わず吹き出しまった。

「はいはい、そういうことにしておきましょう」

「……なんかすっごくムカつく」

ブツブツと文句を言い続ける紅葉の頭を、忍はポンポンと宥《なだ》めるように叩《たた》いた。だが、子供扱いされることを嫌う紅葉は、膨れっ面を浮かべたままだ。

忍は仕方なく懐柔策を持ち出すことにした。

「用事がないなら、これから一緒にどこかへ出掛けるか？」

「え……でも、忍お兄ちゃん、なにか用事があったんじゃないの？」

「別にこれといってないよ」

「ホントにいいの？　わたしと遊んでくれるの？」

ようやく実感が湧いてきたのか、紅葉はパッと顔を輝かせる。忍が頷《うなず》き返してやると、紅葉は嬉しそうにぴょんぴょんと飛び跳ね始めた。

奈々菜とはずっと断交状態が続いているらしく、このところ憂鬱《ゆううつ》そうな表情ばかり浮かべていたので、久しぶりの笑顔がとても新鮮に感じられる。ふたりの関係が、このままでいいはずがない……とは思うのだが、具体的にどうするべきかは悩むところだ。

せめて、気晴らしにつき合ってやるぐらいのことはしてやりたかった。

「じゃあ……忍お兄ちゃんと一緒にデートにいきたい！」

「デートか……」

休日でよく晴れているから、確かにデートには最適だ。公園の周りにも、カップルや親子連れ、老夫婦までが楽しそうに連れ立って歩いている。

（……まあ、たまにはいいか）

考えてみれば、紅葉と二人でどこかへ出掛けるなど数年ぶりのこと。子供の頃は、よくあちこちに出掛けたものだが……。

「じゃあ……まず、どこにいきたい？」

「う〜ん、そうだね……あっ！　そうだ、あれ食べにいこうよっ！」

紅葉はそう言い出すと、グイグイと忍の袖《そで》を引っ張った。

「お、おい……あれって以前に話していたあれか？」

「うん☆」

紅葉が言っている「あれ」とは、最近お気に入りらしい「妙連」という中華飯店の激辛メニューのことだ。中国四川料理フェアと銘打った、特に辛いものばかり集めたスペシャルコースらしい。

「あ、あのなぁ、僕は辛いものとかエスニック料理とかが苦手なんだよ……」

忍は引きつった表情で言うと、慌てて紅葉の手を逆に引っ張った。紅葉は昔から辛いものに滅法強かったが、逆に忍はまったくと言ってよいほどダメなのである。

「早くしないと、人が並んじゃうよぉ」

「だから、いかんと言っとるだろーがっ！」

「大丈夫！　わたし、全然平気だもんっ☆」

忍の腕を小脇《こわき》に挟みながらそう言うと、紅葉は強引に忍を妙連へと連行しようとする。

「も、紅葉……心して聞け」

忍はゴホゴホと咳《せ》き込むと、わざとらしく胸を押さえて、その場にフラリと倒れ込んだ。

「ちょっ……ちょっと、忍お兄ちゃんっ⁉」

「僕の身体《からだ》は重病に冒されていて、もう長くない。だから、激辛料理は喰《く》えん。ドクター

ストップがかかっているんだ」

「…………………」

凍りつくような冷たい視線で忍を見つめると、紅葉は大きくため息をついた。

「……わかった、じゃあ諦《あきら》めてあげる」

「本当かっ⁉　嘘《うそ》ついたら針千本飲ますぞっ⁉」

「うん、嘘じゃないよ」

コクコクと頷きながら、紅葉は忍の腕をがっしりとロックするように抱きしめた。

「約束だから、妙連にはいかないけど……」

そこで言葉を切って、駅のほうを指さす。

「激辛エスニック料理を食べにいくことにする」

「いっ、いやだあっ！」

「はいはい、こっちだよ～☆」

小悪魔のような笑みを浮かべて、紅葉はズリズリと忍の身体を引きずりながら、駅前にと歩き始めた。


……結局、無理やり激辛エスニック料理を食べさせられたあと、忍は紅葉によって、一日中あちこちと引きずり回されることになった。

もう、すでに日も暮れ始め、あたりは徐々に暗くなってきている。だが、紅葉は未《いま》だに絶好調で、チャンスとばかりに次の場所へと進撃を繰り返していた。

「おい、そろそろ帰らないと、楓さんが心配するぞ」

「え～……もっと遊びたいのにぃ」

忍が引き止めると、紅葉は駄々っ子のようにイヤイヤと首を振る。

「ダメって言ったらダメ。本当にそろそろ帰らないと……」

「じゃあ……お願い。最後に一カ所だけ、どうしてもいきたい所があるの」

紅葉は寂しそうな表情を浮かべながら、両手を合わせて忍を拝むような真似《まね》をする。

（……どうせ、今日はサービスするって決めたんだしな）

忍は根負けしたように溜《た》め息《いき》をついた。

「これが最後だぞ」

「えへへ……ありがとう。なんか今日は優しいね、忍お兄ちゃん」

紅葉はそう言って、忍の腕をギュッと抱きしめる。

「で、どこへいきたいんだ？」

「あのね……わたし、観覧車に乗りたい」

忍の腕に頬を擦《す》りつけながら、紅葉は囁《ささや》くように言った。

彼女が言ってるのは、近所にある規模の小さな遊園地にある観覧車のことだろう。

「最後なのに、そんな所でいいのか？」

「うん、観覧車に乗りたいの」

嬉しそうに微笑《ほほえ》みながら、紅葉は忍の顔を見上げてコクリと頷く。割と謙虚なおねだりを意外に思いながら、忍は観覧車のある場所へゆっくりと歩き出した。

だが、紅葉は遊園地の前までくると、

「ちょっと、ここで待ってて」

と、言い残して、どこかへ姿を消してしまった。

(我《わ》が儘《まま》というか、自分勝手なやつだ……)

苦笑しながら、忍はぼんやりと遠目に見える観覧車を見つめた。ライトアップされた観覧車は、街を見下ろせる場所でゆっくりと回転している。

今日、ずっと紅葉と一緒にいて、かなり疲れはしたが楽しい一日だった。

なんだかんだと言いながらも、紅葉と一緒にいる時が一番気楽なのかもしれない。一応は家族なのだからあたりまえのことなのかもしれないが、忍は改めてそう感じた。

「ごっめ〜んっ！　おまたせっ☆」

紅葉が大きな紙袋を抱えながら戻ってきた。

ちょっと、と言った割には、かなり時間が経過している。

「遅いぞ！　もう帰ってしまおうかと思ってた」

「あ、あはは、ちょっとした買い物のはずが、人がいっぱい並んでて……」

忍が不機嫌そうに呟《つぶや》くと、紅葉は両手を合わせてペコリと頭を下げ、「許して」とばかりに愛想笑いを浮かべた。

「……それ、なに買って来たの？」

紅葉が手にしている紙袋を指差しながら尋ねると、

「あ、コレ？　ふふふ……乙女の秘密っ☆」

不気味な笑みを浮かべながら、紅葉は人差し指を忍の前へと突き出して、チッチッチと横に振ってみせた。


観覧車は並ぶどころか、ほとんど貸し切り状態だった。

クリスマスには街の夜景が見れるということで人気があるらしいが、その時期以外、しかも閉園直前には、さすがに乗ろうという人も少ないようだ。係員の暇そうな顔を見る限りでは、もしかしたら乗客は忍と紅葉だけだったのかもしれない。

「忍お兄ちゃん！　あっちあっち、うちの学校が見えるよ！」

「ん？　ああ……あの向こうにあるのは付属病院だな、白いからすぐ分かる」

ゆっくりと上昇していくゴンドラに乗りながら、忍は紅葉があっちこっちと指さす方向をぼんやりと見つめた。

観覧車から見下ろす街は、まるで見知らぬ風景のようだ。その風景を見つめているうちに、忍は以前この観覧車に一度だけ乗ったことがあると思い出した。

あれはまだ、忍が舞岡家で楓の世話になっていた頃のことだ。

「昔……こうやって忍お兄ちゃんと一緒にこの観覧車に乗ったよね」

まるで忍の思考を読み取ったように、紅葉が不意にそう呟いた。

「覚えてたのか……。楓さんに連れられてこの観覧車に乗ったんだっけ」

「そして忍お兄ちゃんが、ホットドッグが食べたいって駄々こねたんだよね」

「細かいところまでよく覚えてるなぁ」

忍は苦笑いを浮かべながら、ポリポリと頭を掻《か》いた。

そう……あの時は、他の乗客が美味《おい》しそうにホットドッグを食べていた。それを見た忍が、自分も食べたいと楓にねだったのだ。

「エヘヘ……だからね……」

紅葉はずっと大事そうに抱えていた、例の「乙女の秘密」にゴソゴソと手を突っ込むと、

「今日はちゃんと買ってあるよ、ちょっと冷めちゃったけど」

と、中から透明なパックに入ったホットドッグを取り出した。

「……それって、ホットドッグだったのか？」

「うん、早めに買いにいかないと、お店閉まっちゃう時間だったからね」

紅葉はそう言ってニッコリと微笑むと、それを両手で掲げるようにして、はいっ……と、忍の鼻先に差し出した。忍はそれを無言で受け取ると、パリパリと音がする包みを開けて、ぱくりと一口食べた。その様子を紅葉は満足そうに見つめている。

冷たくなったホットドッグは、美味しいけど、少しだけほろ苦かった。

「そう言えば……」

小さくなった街を見下ろしながら、ホットドッグを囓《かじ》っていた忍は、不意にその時のことを思い出した。

「駄々をこねてたのは僕だけじゃなかったような気がするぞ。確か……紅葉は『高くて怖いから下ろして』って観覧車の中でわんわん泣いてたよな?」

そう言いながら紅葉の方を振り返ると、彼女は食べ掛けのホットドッグを手にしたまま、静かに目を閉じて、気持ちよさそうにスウスウと寝息を立てている。

ずっとはしゃぎっぱなしだったので、疲れてしまったらしい。

「まったく……」

忍は紅葉の可愛《かわい》い寝顔を見て苦笑すると、起こさないように気をつけながら、サラサラの髪を指で梳《す》くように何度も頭を撫《な》で続けた。

あれから十数年……。

立派な女の子になった紅葉は、今もあの頃と同じように忍を慕ってくれる。いや……妹

として慕ってくれるのでなく、ひとりの女性として忍を愛してくれようとしているのだ。

「んん……忍お兄ちゃん……」

むにゅむにゅと口を動かしながら、紅葉は幸せそうな表情で忍の名前を呟いた。

「紅葉……」

忍は紅葉の隣に座り直すと、優しく肩を引き寄せるように抱きしめる。

安心しきったような紅葉の寝顔を見つめながら、忍は決断した。

フラフラと何人かの女性に心を奪われそうにもなったりしたが、やはり幸せにしてやりたいのは紅葉だ。元気いっぱいで、おっちょこちょいで……色々と問題も引き起こしてくれたが、一緒にいて心が安らぐのは紅葉だけだ。

もしかすると、ずっと以前から忍には分かっていたのかもしれない。

彼女をどうしても妹として見ようとする自分が、それを邪魔をしていただけなのだ。

その結果、紅葉には親友の奈々菜とケンカまでさせてしまう羽目になってしまった。

「ちゃんと……言うよ」

忍は眠ったままの紅葉に語り掛けた。

「ちゃんと、紅葉のことを恋人だって言うよ。みんなに……」

「……ホント？」

眠っていたはずの紅葉が小さく呟いて、ギュッと忍の服の袖を握りしめてくる。

「起きてたのか……？」

「今……忍お兄ちゃんの声が聞こえたから……」

紅葉は囁くように言うと、そっと瞼《まぶた》を開いて忍を見上げた。

ずっと待ち望んでいた忍の言葉に、紅葉の瞳《ひとみ》は涙で潤んでいる。忍は彼女の髪を再び優しく撫でると、しっかりと頷いてみせた。


翌週の休日……。

忍は自宅近くの公園で、奈々菜がくるのを待っていた。

観覧車の中で約束した通り、忍は学校で「紅葉は恋人だ」と宣言する覚悟でいたのだが、いざとなると彼女の方からそこまでしなくていいと言い出したのだ。

最近になって少しは下火になったものの、相変わらず熱病のような忍へのアプローチは続いていたし、学校側が講師と女生徒の恋愛をどう受け止めるか分かったものではない。

もし、忍が教室で明言しようものなら、パニックが起こることは間違いないだろう。

紅葉はそのあたりのことを考えているようだが、奈々菜に対してだけは言っておかなければならない。忍は自らその役目を買って出るつもりだったが、紅葉はやはり自分の口から言うと断ってきた。

第六章　心を癒してくれるのは……

二人の間でどういう言葉が交わされたのか分からないが、

「一日だけ目をつぶるから、奈々菜ちゃんとデートしてきて」

と、忍は紅葉から一方的に通告されたのである。

かくして、忍はよく分からない状態のまま奈々菜とデートをする羽目になったのだ。

約束の時間より少し早めに着いた忍が、ぼんやりとすっかり寒くなった空を眺めている
と、背後から奈々菜の声が聞こえてきた。

「あっ、センセ……お待たせしましたぁ」

ハァハァと白い息を吐きながら、奈々菜は忍の側《そば》に駈《か》け寄ってきた。

「時間ピッタリだね」

「はいっ、ちょっと遅れちゃいそうになりましたけど……」

奈々菜は息を弾ませながら、そう言って忍を見つめた。その様子を見る限り、奈々菜は
いつもとなんら変わるところはない。

だが、どういった経緯で自分が彼女とデートすることになったか分からない忍としては、
なんだか落ち着かない気分であった。

「それで……これからどうすればいいのかな？」

「ボク、いきたいところがあるんですけど……」

奈々菜は手にしていた袋をみせると、紐《ひも》を解《ほど》いて中からピカピカに磨かれたスケートシ

ューズを取り出した。

「スケート？　それにしてもマイシューズ持参とは……」

「あはは、実はこれって、誕生日プレゼントにお父さんからもらったんですけど、一度も使ったことがないんですよ」

苦笑しながらそう言うと、奈々菜はスケートシューズを袋の中に仕舞い込んだ。

「センセは、スケートってやったことあるんですか？」

「まあ……転ばない程度には滑れるけど」

「あ、でも軽くなら滑れるんですよね？　よかったぁ……教えてくださいね」

奈々菜は安心したような表情を浮かべると、忍の手を取った。

「あ、ちょっと……吉野さん。今日はその……」

デートということにはなっているが、どういう意味なのかを問いたかったのだ。

だが、奈々菜はなにも言わず、少し複雑そうな笑みを忍に向けると、そのまま手を引いて歩き始めた。


シーズンが始まったばかりのためか、スケート場は思ったよりも空いていた。

もともとスキーやスノーボードという派手なウィンタースポーツと違って、スケート自体が地味なスポーツだからかもしれない。

「あは、空いてて助かりました。ボク、絶対転んじゃうと思うから」

「よくあるパターンだと、男の僕が滑り方を教えてあげたりするんだけど……」

「パターン通りにお願いしますね」

危なっかしい足取りでリンクに入った奈々菜の姿を笑いながら、忍は彼女の手をそっと握って支えてやる。奈々菜は本当に初めてらしく、気を抜くとすぐに転んでしまいそうだ。

「まずは僕が手を引っ張ってあげるから、そのまま足を動かさないで」

「こ、こうですか？　転んじゃいませんか？」

奈々菜はビクビクしながら、リンク脇の手すりから手を放した。硬直したままの彼女の手を引いて、忍はゆっくりと後ろ向きに滑り始める。この技術を会得するために、学生の頃に散財していたが、昔取った杵柄《きねづか》がこんな所で役に立つとは思わなかった。

「わぁ……風が気持ちいいです♪」

奈々菜のサラサラの前髪が風になびくのを見ながら、忍はスイスイと氷上を滑走する。

「自分で滑れるようになったら、もっと気持ちがいいよ。風を切ってるみたいで」

「そ、そうなんですか？　でも……まだちょっと怖いです……」

自分の手をしっかりと握りしめたまま離そうとしない奈々菜のために、忍は少しだけスピードを上げてやった。

「ち、ちょっとセンセ……怖いですっ！」

内股《うちまた》になった奈々菜は、腰を引いて忍の手にしがみつく。

「そうかぁ？　これくらいが気持ちいいと思うけど……」

奈々菜が掴《つか》む手に力を込めたことに驚いた忍は、ゆっくりとスピードを落とす。だが、勢いのついている彼女は、そのまま忍の身体に抱きつくようにぶつかってきた。

「きゃ☆」

どうやら足もとが絡まったらしく、座るように転んでしまった奈々菜は、あたふたと忍の身体にしがみついて立ち上がろうとしている。

忍は彼女の身体を持ち上げるようにして抱きかかえた。

「あ……」

身体が密着したことに動揺した奈々菜は慌てて離れようとしたが、足もとが定かでない分、余計に忍に抱きつく格好となる。

「センセ……」

「吉野さん、大丈夫？」

怖がらせてしまったか……と、忍は奈々菜の顔を覗き込んだ。

彼女は熱っぽく潤んだ瞳を上げると、そのまま忍の背中に手を回してきた。

「センセ……ボク、今日のデートのこと一生忘れませんから……」

「吉野さん？」

「紅葉ちゃんに、一度だけでいいからってお願いしたんです。センセと一日だけ恋人の気分を味わってみたいって……」

なるほど、そういうことか……と、忍はこのデートの意味を理解した。同時に、紅葉が仏頂面をしながらも、奈々菜とデートしてこいと言った気持ちが察せられる。やはり親友だけあって、彼女は奈々菜の想《おも》いを無視することができなかったのだろう。

「吉野さん……僕は紅葉と……」

「いいんです。紅葉ちゃんから……ちゃんと聞いています。だから、今日だけ……今日だけは、ボクのわがままを聞いて欲しいんです」

そう言って、奈々菜は忍の背中に回した手にギュッと力を入れた。

二人の気持ちは痛いほど分かる。忍は無言で奈々菜の頭を撫でると、この日だけは彼女の恋人になることを決心した。

かなり長い間スケート場にいたせいで、帰りに食事をしたり、街をぶらついたりしていると、すぐに日が暮れて周辺は暗くなり始めてしまった。

奈々菜は一日中、ずっと楽しそうにはしゃいでいたが、デートの時間が終わりに近づくにつれ、徐々に口数が減り始めている。

「吉野さん……疲れた?」

なにかを考えるように隣を歩く奈々菜に問い掛けても、彼女は無言のまま、ゆっくりと首を横に振るだけだ。

「そろそろ帰ろうか？」

と、言い掛けた忍の腕に、奈々菜がキュッと抱きついてきた。

「センセ……ボク、まだ帰りたくない」

奈々菜はポツリと呟くように言うと、歩みを止めて忍を見つめてきた。

「帰りたくないって言っても……」

「もう少しだけ……ボクにつき合ってください」

名残《なごり》を惜しむような奈々菜の言葉を、忍は拒否することができなかった。

今日一日だけ恋人になると約束したからには、こうなればとことんつき合ってやる……と覚悟を決めた。

「分かったよ。それで……どこへいきたい？」

忍が尋ねると、奈々菜は少し躊躇《ためら》ったあと、耳まで真っ赤になりながら、スッと闇《やみ》の向こうに輝くネオンを指差した。

「え……ちょっと、吉野さん……」

奈々菜が指さしたのは、間違いなくラブホテルのネオンだった。

ピンクで統一されたラブホテルの一室に入ると、奈々菜はなにかを吹っ切るように、いきなり上着のボタンを外して、ブラウスの前をはだけた。

「よ、吉野さん……」

唖然《あぜん》とした忍に小さく頷いてみせると、奈々菜は続いてスカートのホックを外す。指が離れると同時に、スカートはふわりと彼女の足もとに落ちた。

「ボク……センセに覚えておいてほしいんです」

「覚えるって……なにを？」

「ボクを……そして、ボクの身体も……」

そう言いながら、奈々菜はブラウスを脱ぎ捨てると下着だけの姿になった。女性らしい肉づきには欠けるが、透けるような白い肌。忍の目に、華奢《きゃしゃ》なラインの中で女性らしさを主張する二つの膨らみが飛び込んできた。

視線を徐々に下げると、下腹部に手術痕《こん》がうっすらと見える。

「あっ……ここはあんまり見ないでください」

忍の視線に気づいて、奈々菜は慌てて傷跡を隠した。

「それは？」

「ボク……身体が弱くて、小さい頃に手術をしたんです。だから……」

奈々菜はそう言って俯《うつむ》いてしまった。

そう言えば、以前に彼女自身から聞いたことがある。看護婦を目指すキッカケになったのは、子供の頃に世話になった看護婦さんに憧《あこが》れて……だと。

「傷なんか全然気にならないよ……吉野さんはきれいだ」

奈々菜がこれからなにをしようとしているのか、そしてなにを言おうとしているのかを察している。それが紅葉に対して申し訳のない行為だと承知していながらも、忍は彼女を止めようとは思わなかった。

「センセ……今日は……今日だけは、ボクたちは恋人同士なんですよね？」

「ああ、そういう約束だ」

「……本当はイケナイって分かっているんです。紅葉ちゃんは、ボクを信用してセンセとの一日だけのデートを許してくれたのに……だけど……」

奈々菜は少し戸惑うような表情を浮かべたが、やがて意を決したように白いブラジャーを外し、ショーツまでも脱ぎ去ると、生まれたままの姿で忍の前に立った。

「今日だけ恋人なら……ボクを抱いてください」

奈々菜の表情からは、悲痛とも言える決意が伝わってくる。

「今日だけなのに、本当に吉野さんはそれでいいのかい？」

尋ねると、奈々菜は小さくハッキリと頷いた。

「明日から……ボクは紅葉ちゃんの親友に戻ります。だから……」

忍はそれ以上の言葉を奈々菜に言わせなかった。そっと近づくと、奈々菜の手を掴んで身体を引き寄せ、そのまま導くようにベッドに横たわらせる。

「じゃあ、今日だけは吉野さんは僕の恋人だ」

「ああ……嬉しいです。センセ……」

忍は手早く服を脱ぎ捨てると、ベッドの上で小さくなって震えている奈々菜の身体に覆い被《かぶ》さっていった。

たった一日でも構わない、と切なそうに告げる奈々菜が愛《いと》おしくて、忍はせめて思い出に残るような経験をさせてやろうと、彼女の身体をくまなく愛撫《あいぶ》していく。

「キャッ……んッ……」

奈々菜の小ぶりな胸に手を添えて持ち上げながら、膨らみの頂点に舌を這《は》わせた。すでにツンと勃《た》った乳首を、そのまま舌先で転がすようにして弄ぶ。時折、軽く歯を立てると、奈々菜の身体はビクンと震えるように反応を示した。

「きゃふッ……ち、乳首噛《か》むのは、やめて、センセッ……」

「痛い？」

「そんなことはないけど……なんか、変になっちゃいそうで……」

「そうか……」

そう言えば、奈々菜はかなり敏感な身体を持っていたはずだ。慣れればかなりの快感を

得られるようになるだろうが、最初から強引にしては逆効果だろう。

「じゃあ、こっちの方がいいかな？」

忍は奈々菜の身体を優しく抱き寄せながら、今度はオッパイを吸うように、唇をすぼめて乳首を吸い立てる。

「きゃぁ……アウッ……くぅん……」

ビクビクと電気を帯びたように跳ね上がる奈々菜の身体を押さえ込むように、もう片方の乳房を、優しく円を描くようにして揉《も》み込んでいく。小ぶりながらも張りのある乳房は、心地よい弾力で忍の手を押し返してきた。

乳房を唾液《だえき》でベタベタにしたあと、唇を当てるだけの軽いキスと、激しく求めるような情熱的なキスを織り交ぜながら、忍の唇は徐々に下腹部へと向かう。

「ンッ、くふッ……あッ……きゃふ……」

少しずつ与えられる刺激になれてきたのか、奈々菜は悩ましい声で喘《あえ》ぎ始めた。その可愛い声に、忍のモノが敏感に反応し始めていた。

何度も繰り返すキスが、大切な部分へと到達しようとした時、

「キャンッ！　そ、そこは………」

と、奈々菜は身体を強張《こわば》らせて忍を拒絶する。

「ん……大丈夫、怖くないよ」

優しい口調でそう語り掛けると、忍は奈々菜の脚の間に割って入り、ささやかなヘアに覆われた秘裂へと顔を埋めていった。

「んっ……ああっ……そんなとこ……」

目を固く閉じた奈々菜は、羞恥《しゅうち》に震えるように、股間《こかん》に潜り込んだ忍の頭を両手で掴んでいる。うっすらと愛蜜《あいみつ》を滲《にじ》ませた秘裂からは、奈々菜自身の甘い香りがした。忍は何層にも重なる壁を、一枚一枚舌先で掻き分けるようにして、彼女の奥へと進んでいく。

「んくッ……きゃうぅ……あふ……」

甘い声を上げながら内股を震わせる奈々菜の腰を抱えるようにして、忍は更に奥へと舌先を差し入れていった。奈々菜の熱く甘い愛蜜の味が、口の中でふわりと広がる。

吸い取っても吸い取っても溢《あふ》れてくる愛蜜を舌先に感じながら、今度はすでに堅く痼《しこ》っている肉塊を、小さくすぼめた唇でそっと吸い上げた。

「きゃふッ……」

忍の頭を腕を抑え込みながら、奈々菜は味わったことのない快感をどう受け止めてよいのか分からないように、全身をわななかせた。

「吉野さん……そろそろ入れるから……」

忍は奈々菜から身体を離すと、彼女を誘導するように俯せにした。

「え……後ろを向くんですか？」

「最初は後ろからの方が、痛くないって聞いたからね」

本当かどうかは分からないが、できるだけ奈々菜に負担は掛けたくなかった。そんな忍の心情を理解したのか、奈々菜は黙って従うようにお尻を向ける。

「夢じゃ……ないんですね、ボク、センセと一つになるんですね」

「初めてだから、痛かったらそう言ってね」

奈々菜はコクコクと頷き、ゆっくりと脚を開いていった。彼女の中心部分にペニスの先端を押しつけると、熱い愛蜜が挿入を待ちわびるように絡みついてくる。

「来てください……センセ、ボク、もう……」

忍の胸に頬を擦り寄せながら、奈々菜は恐怖と期待に打ち震えている。そんな彼女の可愛い様子に、忍は更に硬くなったペニスを握りしめ、ゆっくりと突き出していった。

「きゃうッ……あ、熱いのが……中に……」

ベッドのシーツを握りしめながら、奈々菜は侵入してくる異物感に耐えている。そんな彼女に気を使いながら、忍はゆっくりとスローモーションのように身を沈めていった。

「あああッ……うッ……」

あまり焦らせて怖がらせるのは得策ではない、と判断した忍は、一気に後ろから奈々菜を貫くことにした。勢いをつけ、一気に体重を乗せて腰を前に突き出す。

「キャアアッ……いっ、痛いぃ……！」

ぷちっ、と奈々菜の純潔が破れるような感触がペニスの先端に走ったあと、きつい抵抗を受けながらも、忍は根本まで彼女の中へと沈み込んだ。

「きゃうぅ……センセ、センセ……あうぅ、センセ……」

奈々菜が譫言《うわごと》のように囁くたびに、肉壁が忍のモノをぐいぐいと締め上げてくる。

「……痛む？」

「少し……でも、ジンジンして、痛みが少しずつ分からなくなってきました」

「動いても平気……？」

「は……はい……ゆっくり、ゆっくりお願いします……」

奈々菜は忍の動きを受け止めるために、うつぶせになったまま、シーツを抱きしめる手に力を入れた。忍がそっと腰を動かし始めると、その動きに合わせるように、はぁはぁと短い喘ぎ声が彼女の唇から漏れる。

だが、ゆっくりとした動きを繰り返していくと、

「くふッ……あンッ、あくッ……くふぅん……」

と、徐々に奈々菜の反応に、甘い吐息を含んだ声が混じり始めた。

薄っすらと汗ばんだ奈々菜の肌は薄い桜色に上気し、忍がペニスを突き立てるたびに、その色は強まっていく。純潔を捧げてもらった興奮と、きつく締めつけてくる奈々菜の肉壁に、忍はあっという間に限界を感じ始めた。

「よ、吉野さん……」

「んッ、センセ……そのまま……いつでも、いいですから……」

忍の高まりを悟ったのか、奈々菜は途切れ途切れに囁く。了解を得て、忍は腰の動きを少し激しくさせた。ギシギシとベッドの軋む音と、二人の結合部から洩《も》れる卑《ひ》猥《わい》な音、そして奈々菜の洩らす喘ぎ声が交わるように室内に響き渡った。

「くあッ……ふぅンッ……きゃふッ、キャウウッ！」

激しい動きに促されるように、奈々菜は甲高い声で叫ぶ。忍は彼女が悩ましげに振り立てる腰をしっかりと掴まえて、どんっ、と最後の一突きを繰り出した。

「キャアアアッンッ！」

奈々菜が背中をのけ反らせた途端、真っ白な閃光《せんこう》が忍の中で爆発し、ペニスが痙攣《けいれん》するように、彼女の体内で勢いよく精液を噴出した。

「ボク……忘れませんから……ありがとうございます、

センセ……」

放心状態になりながら、奈々菜は恍惚《こうこつ》とした表情で忍の精をすべて受け止めた。


奈々菜とのデートから一ヶ月後……。

クリスマスイヴを迎えていた。

ついでに、今日は聖ミカエル看護学校の終業式でもある。

学校が終わってから舞岡家でイヴの夜を過ごすことを、忍は早くから紅葉に約束させられてしまっていたが、去年のように病院の当直室で不毛な夜を過ごすことから考えると、はるかにマシといえるだろう。

それよりも、目下の問題は登校中だというにも関《かか》わらず、腕にしがみついている紅葉だ。

「あのさぁ……紅葉。やっぱり通学路でベタベタするのはマズイと思うんだけど……」

嬉しそうに腕を組んで微笑んでいる紅葉を見つめて、忍は小さく溜め息をついた。学校が近くなるにつれ、周りに知った顔をチラチラと見掛けるようになっているのだ。

「平気だよ。だって、みんなもう知ってるもん！　わたしと忍お兄ちゃんの関係」

「そりゃ……そうかもしれないけど……」

忍は再び嘆息して空を仰いだ。

結局、はっきりと宣言しなかったに関わらず、いつのまにか忍と紅葉は学校公認のカップルになっていた。

理由の一つは、学校中に蔓延《まんえん》していた一過性の「忍熱」が沈静化したことにある。時間が経《た》つにつれ、流行病のようであった忍に対する擬似的な恋に、女生徒たちがようやく飽きてきたのだろう。

そしてもう一つは、忍と紅葉の雰囲気が変わったことを、女生徒たちが敏感に嗅《か》ぎ取ったことにある。やはり、その手のことはどうしても伝わってしまうものらしい。

だからというわけでもないだろうが、紅葉はまったく周りの目を気にしなくなっていた。学校内でも平気でベタベタしてくるし、昼休みには必ず弁当を届けにくる。

今朝などは、忍の家まで迎えにくる始末だ。

「だから、こうしてても平気だよ」

紅葉はそう言って笑うと、更に強い力で忍の腕を抱きしめる。

「ちょっと……紅葉……」

ふわりとした胸の感触に、忍は慌てて突き放すようにして紅葉を腕から引《ひ》き剥《は》がした。

いくらなんでも、朝っぱらから股間を元気にするわけにはいかないのだ。

そんな二人の様子を見て、通学途中の女生徒たちがクスクスと笑いながら忍たちの横を通り過ぎていく。

「あはっ、忍お兄ちゃん照れてるんだ？」

「……照れてるとか、そういう問題じゃない」

紅葉の手を振り払った忍は吐き捨てるように言うと、苦い表情のまま先に立って歩き始めた。いくら公認の仲だと言っても、放っておけばとことん図に乗ってくるに違いない。

現に忍が突き放しても、紅葉はまったく気にする様子もなく、トコトコと駈け寄ってくると、再び腕にしがみついてきた。

「んもぅ……忍お兄ちゃんって可愛いっ☆」

クスクスと笑いながら、紅葉は忍の腕をギュッと抱きしめる。

紅葉のこういう強引な性格は、間違いなく楓の遺伝だろう。そして、忍はそういう女性に対して強い態度に出られないよう、幼い頃に刷り込みをされてしまっているのだ。

「おはようございます、中川先生、舞岡さん」

忍が途方に暮れていると、見知った顔が横を通り抜けていく。

「あ、知沙ちゃんだ、おはよ〜」

「睦月さん……助けてくれ」

忍がくっつき虫のように抱きついて離れない紅葉を指差すと、

「朝から仲がいいんですね、二人とも」

と、知沙はクスクスと面白そうに笑った。

「でしょ、でしょ？　それなのに忍お兄ちゃんったら照れてるんだよ？」

「だからぁ、そういう問題じゃないと言ってるだろ……」

忍はガックリと肩を落としながら呟いた。

そんな忍たちを目を細めて見つめていた知沙は、笑顔を浮かべたまま、日直なので先にいきますね、と足早に去っていってしまった。

「ねえねえ……知ってる？　睦月ちゃんにも彼氏ができたんだよ」

知沙の後ろ姿を見つめながら、紅葉は最新ゴシップを話すように声をひそめて言った。

「え……そうなのか？　初めて聞いたけど」

「うん、実習先で知り合った看護士さんなんだって」

「へえ……」

あれ以来、知沙は委員長として接するのみで、保健室でのことはおくびにも出さなかった。あれが彼女の希望であったのだから、忍としては胸の奥に秘めておくしかない。

もちろん、奈々菜とのこともそうだ。

一日デートは許してくれたが、彼女を抱いたことが紅葉にバレたらただでは済まないだろう。たった一度の関係ではあったが、奈々菜も最近はようやく忍への思いを吹っ切ったらしく、以前のように明るい彼女に戻っていた。

詠美にはあれから何度か「お願いします～」と潤んだ瞳で言い寄られていたが、さすが

に紅葉とのことが公になると、なにも言わなくなってしまった。少し残念なような気もするが、いつまでも変な関係でいるわけにはいかないのだ。

あの慈愛に満ちた詠美のことなので、遠からずよい男性と巡り会えることだろう。

「……忍お兄ちゃん、なにを考えてるの？」

ぼんやりとこの半年間に交わった女の子のことを思い出していた忍は、紅葉の探るような視線を受け、慌ててそれらを頭の中から追い払った。

「べ、別に……なにも考えてないよ」

「ふ～ん……そうかな？」

なおも疑るような目で見つめてくる紅葉から顔を逸《そ》らしながら、忍は学校へ向けて少しだけ足を速めていった。


夜……。

学校が終わってから約束通り舞岡家を訪れた忍は、自ら腕を振るってローストチキンを焼いた。料理をするのは久しぶりのことだったが、少しでも紅葉を喜ばせてやりたいと思ったのである。もちろん、普段のお弁当の礼も兼ねているのだが……。

（……紅葉と楽しいクリスマスを過ごすのは何年ぶりだろう）

懐かしく、それでいて恥ずかしいような、複雑な心境になりながらも、忍は舞岡家でイヴの夜を過ごしたのであった。

「お腹いっぱいだね～」

「いっぱいというか……破裂しそうだ」

食後にケーキを平らげた忍たちは、ひとまず紅葉の部屋で休むことにした。学校が休みになったにも関わらず、楓は明日の朝から急遽《きゅうきょ》病院の方へと駆り出されることになったので、彼女の睡眠の邪魔をしないという配慮からである。

「だって、忍お兄ちゃん、ケーキを三つも食べるんだもん」

ベッドに並んで座った紅葉は、そう言ってクスクスと笑いながら忍の背中を叩いた。

「……そういう紅葉も二つ食べてたくせに」

「うっ……あ、甘いものは入るところが別なんだもん」

医学知識のある看護学生とは思えない発言をした紅葉は、そのままゴロリとベッドに横になる。そして忍の顔をチラリと見ると、不思議そうな顔をして小首を傾げた。

「あれっ？　忍お兄ちゃん、口元にクリームがついてるよ」

「えっ……どこ？」

「ん～とね」

ゆっくりと起き上がった紅葉は顔を接近させて、チュッと忍の唇にキスをした。

「えへへ……甘い味がする」

「い、いきなりキスするとは思わなかったぞ」

「ホントにクリームがついてたんだよ」

紅葉は艶《いろ》っぽい瞳で忍を見つめると、ギュッとしがみつくように抱きつき、そのままベッドへと押し倒していった。

「……今夜のお料理のお礼してあげる」

紅葉は着ていた服をすべて脱ぎ捨てると、いつの間にか成長した乳房を、両手でギュッと寄せながら、忍の股間へと近づけていった。

「お、おいおい……」

紅葉の意図がいわゆるパイズリであると知って、忍は少し驚いてしまった。

あれから何度か身体を重ねたせいか、紅葉は急速にエッチな娘《こ》に変化してしまったような気がする。

原因はすべて忍にあるのだが、それを喜んでよいのかどうかは微妙なところだ。

もっとも、エッチな女の子は嫌いではない。

「いつも忍お兄ちゃんにしてもらうばかりだから……」

と、紅葉が肉棒を乳房で挟み込んでくると、忍はそれ以上の制止をする気はなくなってしまった。パイズリされるのは初めてであったが、やわやわとした乳房の弾力に、忍のモノ

はすぐに反応して硬くなり始めていく。

「忍お兄ちゃん……気持ちいい？」

「あ、ああ……思ったよりも……」

汗ばんだ柔肌が、ペニスの竿《さお》の部分に吸いついて、むず痒《がゆ》いような刺激を与えてくる。

紅葉はチラチラと忍の反応を確かめながら、胸の動きに強弱をつけ始めた。

成長したとはいえ、紅葉の乳房は忍のモノをすべて包み込んでしまうほどの大きさはない。だが、自分のペニスが紅葉の両胸の狭間で刺激されている様子は、ひどく卑猥な感じがして、忍を興奮させていった。

「やんッ……忍お兄ちゃんの……どんどん硬くなってきてる」

「こんなことされれば、当然だろう」

「でも……大きすぎるよぉ……」

だったら……と言わんばかりに、紅葉は胸の谷間から顔を覗かせているモノの先端に、チロチロと舌を伸ばしてきた。もっとも敏感な亀頭部分を、彼女の熱い舌先がペロペロとアイスキャンディーを舐《な》めるように這う。

竿の部分をむちむちとした乳房で、先端部分を舌で刺激されると、単に口で尽くしてもらうのとは違う快感を忍に伝えてくる。

パイズリにはさして興味なかったが、これほど気持ちのよいものなら、これからもやっ

てもらおうかな……などと考え始めていた。

「もっと、もっとサービスするからね」

思わずうっとりとなってしまった忍の表情を見て、紅葉は亀頭部分をつるりと口に含みながら、一心不乱に乳房を動かしてきた。口でする……というのは、最近になって紅葉に教えた方法だ。最初はぎこちなかった舌使いも、忍が何度か指導しているうちにかなり上達してきている。カリ首や裏側など、的確に感じるところにポイントを絞って舌先を這わせてくるのだ。

「紅葉……なんだかエッチになったなぁ」

「……忍お兄ちゃんのせいだもん」

忍が感慨深げに言うと、紅葉は頬を赤く染めたまま、妖《あや》しく濡れた瞳で見上げてきた。奉仕しながら、自らも感じてきているようだ。忍が手を伸ばして、そっと頭を撫でるだけで、紅葉はまるで性感帯を刺激されたかのような熱い吐息を漏らす。

その発情したような表情に、忍の限界まで高まっていた興奮がピークに達した。

「くッ……出すぞ……紅葉……」

「うんッ……顔にかけていいよっ」

ビクビクと痙攣を起こしたようなペニスの動きに、紅葉も忍の高まりを察したらしい。両手にギュッと力を入れて、今まで以上に乳房を擦りつけるように押しつけてくる。その

絞るような動きに促され、忍は大量の精を彼女の顔に向けて放った。

ビュッ、ビュと大量の精液が紅葉の顔に降り注ぎ、その頬を流れるようにして胸の谷間をも濡らしていく。

「忍お兄ちゃんの……熱い……」

上気した顔で忍のエネルギーを受け止めながら、紅葉は残った精液を舐め取るように、再びペニスに舌を這わせてきた。射精直後で敏感になっている忍のモノは、いつの間にか巧みになってしまった紅葉の舌使いで、出したばかりだというのに過敏に反応してしまう。

「んッ、すごい……忍お兄ちゃんの、また大きくなってきたよ」

クスクスと悪戯《いたずら》っ娘《こ》のような笑みを浮かべると、紅葉はそっと身体を離して、ベッドの上でくるりと回転するように背中を向けた。

「今度は自分の番だってか？」

「う、うん……わたしの中に欲しいの……」

と、恥ずかしそうに呟きながら、紅葉はそっとお尻を上げた。

やはり忍に奉仕しながらも感じていたらしく、彼女の秘裂からは大量の愛蜜が溢れ、愛撫の必要もないほどに潤っている。

「……じゃあ、自分で入れてみろよ」

忍は身体を起こすと、ベッドの上であぐらをかいた。この際だから、徹底的に紅葉を恥

ずかしがらせてやろうと思ったのである。

「え……わたしが……入れるの？」

「そうさ、欲しいんだろう？」

「し、忍お兄ちゃんの……意地悪っ……」

忍の意図を察して紅葉は顔を赤らめたが、それでも一度火照ってしまった身体のうずきは抑えられないらしく、やがておずおずと後ろを向いたまま近寄ってきた。

「すごく、いやらしい光景だな」

「バカ……」

紅葉はからかいの言葉に一瞬だけ戸惑ったようだが、すぐに忍の膝《ひざ》の上にお尻を落とし、自らモノに手を添えて、ゆっくりと腰を沈めてきた。

「ンッ……あふッ……」

すぶずぶと音を立てそうな勢いで忍のモノを飲み込むと、紅葉は安堵《あんど》したような溜め息をついた。最初、あれだけ痛がっていたのが嘘のようだ。

「さあ、じゃあ動いてみろよ」

「え……そ、そんなぁ……」

さすがにこれ以上は恥ずかしいのか、紅葉は忍を振り返ると潤んだ瞳を向けた。その切なそうな表情を見て、これ以上は可哀想《かわいそう》かな……と、忍は苦笑した。

「そうだな……今日は紅葉に尽くしてもらったことだし、この辺で許してあげよう」

「……忍お兄ちゃ……あッ、あンッ！」

忍がいきなり腰を突き上げると、紅葉は言葉を途切らせ、電気に打たれたように背中をのけ反らせた。その背後から手を回して両手で乳房を鷲掴みにすると、忍はベッドのスプリングを利用して、下から揺さぶるように腰を振る。

「あぁぁんッ！　お、奥まで……届いちゃうよぉ……」

突然の激しい動きに、もみじは感極まった声を上げ、忍の膝から跳ね上がるような勢いで喘いだ。

「たまには、こういうのもいいだろう」

忍は紅葉の汗ばんだ乳房を揉み込みながら、今までとは比べものにならないほど乱暴に、彼女の中を掻き回していく。まだ慣れないうちは……と、できるだけ優しくすることを心掛けてきたが、紅葉の様子を見る限り、そろそろ密度の濃いセックスを楽しんでもよい頃だろうと思ったのだ。

「やッ、あンッ、ああッ、あふッ……ふ、深いよぉ……」

華奢な紅葉が壊れてしまうのではないかと心配したが、何度か男を受け入れることによって、徐々に身体の方が慣れてきているらしい。それどころか、もたれかかるようにして身体を預けてくると、自らも忍の動きに合わせるかのように腰を使い始めている。

「やんッ、あんッ、身体が……身体が熱くて……へ、変なの……」

「イキそうか？」

忍が問い掛けても、すでに返事すらする余裕もないらしい。紅葉は全身を包む快感に支配され、アン、アンと切なそう声で喘ぎ続けている。もはや、自分でもなにがなんだか分からない状態なのだろう。

忍は紅葉が絶頂に近づいていることを知ると、後ろから片手で彼女の脚を持ち上げるようにして繋《つな》ぎ目《め》を深くし、もう片手でくびれたウエストをしっかりと支えながら、今まで以上に突き上げを強くしていった。

「ひゃうッ……あッ、あんッ！　あ～ッ……ああん～ッ！」

下から腰をぶつけていくたびに、ぐちゅぐちゅと湿った音が室内に響く。その卑猥な音が快感を加速させるかのように、紅葉は桜色に上気した身体をビクビクと震わせた。

「あッ……ンッ……し、忍お兄ちゃん……気持ちいいよぉ……」

自ら腰を振りながら、紅葉は頂点へと上りつめようとしている。同時に彼女の内部が痙攣するように、ぐいぐいと忍を包み込みながら締め上げてきた。

「んッ……そろそろ……イクぞ」

「い、いいよッ……中に出してッ！」

ギシギシとベッドが音を立て、彼女の胸の膨らみも弾むように揺れている。

「やぁンッ、あッ、イク……ああッ、イク～ッ！」

悲鳴を上げて紅葉が達すると同時に、忍も彼女の中に射精した。

紅葉は注ぎ込まれたすべて受け止めると、うっとりとした表情を浮かべたまま、忍に持たれるように崩れ落ちてくる。

忍はそんな紅葉の横顔にキスをすると、後ろからそっと抱きしめた。

エピローグ

「ねぇ、忍お兄ちゃん……」

紅葉の鼻にかかったような甘い囁《ささや》きに、忍はうっすらと目を開けた。だが、睡魔は忍を離してくれそうもなく、気を抜くとすぐにまどろんでしまいそうになる。

「ねぇってば……起きてよぉ」

今度は忍の脇腹《わきばら》を指先で軽く突っついてきた。

「ん……どうしたの？」

まだ睡眠を貪《むさぼ》ることに未練はあったが、紅葉はそれを許してくれない。忍は仕方なくベッドシーツから顔を半分覗《のぞ》かせると、隣に横たわっている紅葉を見た。

「お母さんが、朝御飯だって台所で叫んでるけど……」

紅葉は髪の毛を手で束ねながら、上半身をゆっくりと起こす。小首を傾げて忍を見つめるその首筋には、昨夜つけたキスマークがくっきりと浮かんで見えた。

「御飯食べる？　忍お兄ちゃん、今日は休みなんでしょ？」

「ん～……おっぱい」

「えっ？　お、おっぱい？」

「おっぱいが目の前に二つ……」

忍がそう呟《つぶや》くと、紅葉はようやく気づいたのか、恥ずかしそうにベッドシーツで胸を隠した。昨夜、エッチしたあと裸のままで眠ってしまったのだ。

「んもぅ……朝からエッチなんだから」

シーツを抱きしめながら、紅葉は恥ずかしそうな表情で忍の顔を上目遣いに見つめた。

「昨日の紅葉は凄《すご》かったなぁ……楓さんが起きてくるんじゃないかとヒヤヒヤしたよ」

「そ、それは忍お兄ちゃんがあんなに激しく……」

紅葉は顔を赤くしながら反論しようとしたが、そこから先を口にすることができずに沈黙してしまった。なんだかオッサンくさい気もするが、エッチな会話で紅葉を困らせるのが、忍の楽しみになりつつある。

「そ……そんなことはどうでもよくて、朝御飯食べるか食べないかの話っ！」

「う～ん、見事な話題のすり替えだ……」

忍は苦笑しながら、照れ隠しのために腕を振り回す紅葉の腰を掴んで引き寄せると、腕の動きに合わせて揺れていた乳房へと手を押し当てた。

「きゃ……」

小さく身体《からだ》を丸めた紅葉の胸の鼓動と温かさが、手のひらを通してじんわりと伝わってくる。赤面した彼女の鼓動は、忍の手を感じて徐々に速まってきているようだ。

「ちょっ、ちょっと……忍お兄ちゃん？」

「しっ……静かに。心拍数を測ってるから」

「な、なんで心拍数を……」

紅葉はどこか腑に落ちない表情で小首を傾げたが、忍が真剣な表情を浮かべると、困ったような顔をしながらジッとされるままになる。無論、忍の悪戯《いたずら》なのだが、神妙な態度でいる紅葉の様子がおかしくて、忍はぐっと手のひらに力を込めた。

ふにゅっ……と、柔らかな感触が伝わってくる。

「あンッ！　ちょっと、そんな朝から……」

ようやく忍の意図を知った紅葉は、モジモジと身体を震わせた。

「うんうん、触診も問題ないね」

優しく包み込むように乳房を揉《も》み続けていくと、少しずつ紅葉の胸の先端が硬くなってくるのが分かる。手のひらに、その先端のしこりを感じながら、忍はそっと紅葉の身体をベッドに押し倒した。

「それじゃ、朝御飯を頂くとしますかね」

「あ、朝御飯って……」

困惑している紅葉の身体に覆い被《かぶ》さると、忍はその首筋にふっと息を吹き掛ける。

「やぁんッ……あッ、あふッ……」

キュッと身を固くした紅葉だが、すぐに脱力して甘い声を洩《も》らした。

……と、その時。

「やぁん……じゃないわよ、朝っぱらからまったく」

突然、部屋の入り口から楓の声が聞こえてきた。

慌てて振り向くと、そこにはすでに出勤の準備を終えた楓が、苦々しい表情で忍たちを見つめている。

「若いのは分かるんだけど、朝から盛り上がらなくてもいいんじゃない？」

ベッドの上で固まっている忍たちを見ながら、楓は呆《あき》れたように小さく溜《た》め息《いき》をついた。

「朝御飯はテーブルの上に用意してあるから、適当に食べなさいね。……ワタシはこれから出勤だから」

「あ、あはは……あとで頂きます、いってらっしゃい」

「うん、ちゃんと食べるから……」

ギクシャクとしたまま答える忍たちを見て、楓は軽く首を振って肩をすくめる。

「それじゃいってくるけど……」

「けど……？」

「……避妊はちゃんとしてね、ワタシ、この歳でおばあちゃんになるのは困るから」

楓は軽くウインクをしてみせると、クスクスと笑いながら紅葉の部屋のドアを閉めた。

紅葉とつき合っていることを報告していなかったが、楓はとっくにそんなことを見通していたらしい。まあ……学校での噂《うわさ》は当然耳に入っているだろうし、紅葉の様子を見ていれば一目瞭然だろう。

「……お母さん、もういっちゃったかな？」

紅葉はジッと聞き耳を立てるようにして言うと、身体を起こしてカーテンの隙間《すきま》から外の様子を見た。

「あ……忍お兄ちゃん、雪が積もってる」

「へえ、昨日はホワイトイヴだったんだな」

「ねぇねぇ……せっかく雪が降ってるんだから、お兄ちゃんもこっちにおいでよぉ～」

グイグイと忍の腕を引っ張って、紅葉は忍を窓辺へと連れていく。

「別にいいけど、服ぐらい着たらどうなんだ？」

「えへへ……忍お兄ちゃんが抱きしめてくれれば寒くないよ」

「……まったく」

忍は仕方なく紅葉を後ろからそっと抱きしめた。彼女の体温を素肌に感じ、忍は再び暖かな気持ちに包まれる。

窓からは白一色に変わった街並みを見下ろすことができた。朝の日差しにキラキラと白く輝いている幻想的な風景だ。

「クリスマスに……忍お兄ちゃんとこうして雪を見たいってずっと思ってたの……」

すっと目を細めた紅葉は、忍の腕を抱きしめながら呟く。

「うん、綺麗《きれい》だな、雪の降り積もる街って」

エピローグ

「来年も……こうやって忍お兄ちゃんと一緒にクリスマスを過ごせたらいいなぁ」

「これからは、毎年一緒に過ごせるようになるよ」

そう答えながら、忍はそのまま紅葉の身体をギュッと抱きしめる。この甘い生活がいつまで続くのか分からないけど、忍はずっと紅葉を守っていきたいと思った。

「……へ、ヘックション！」

「キャッ！　なによっ⁉」

「裸でいるから、すっかり冷えてしまったよ……」

忍は寒さに震えながら、紅葉を引きずるようにして再びベッドへと潜り込んだ。いくら部屋の中とはいえ、裸でウロウロできるような季節ではない。

「ううっ、風邪をひいてしまいそうだ」

温かい紅葉の身体を抱き寄せながら、忍はシーツを被り直す。そんな忍の様子を見て、紅葉はクスクスと笑った。

「大丈夫だよ、忍お兄ちゃんが風邪をひいたら……」

「ひいたら？」
「わたしが看護しちゃうから☆」

END

あとがき

こんにちはっ、雑賀匡です。

しばらく鬼畜系ばかり書いていましたが、今回は一変してトラヴュランス様の「看護しちゃうぞ」をお送りいたします。

毎度のことなのですが、Ｈゲーの主人公というのは羨ましいものですね。本作の主人公である忍クンも、看護学校の講師になった途端にモテモテ状態。一生に一度でいいから、私もこんな状況を経験してみたいものです（笑）。

作中で紅葉ちゃんたちがナース帽をもらう戴帽式というのが出てきますが、着けっぱなしで不衛生だということで、最近はナース帽自体を廃止しようという動きがあるとか。

それに伴って、戴帽式を廃止している看護学校もあるそうです。

今後どうなるのかは分かりませんが、やはり人の命を預かる看護婦になるんだ……という覚悟を新たにするためにも、戴帽式は行って欲しいものです。それに、看護婦にはやっぱりナース帽が必要ですよねぇ。……マニア的発言ですが（笑）。

最後にＫ田編集長とパラダイムの皆様、お世話になりました。

そして、この本を手に取ってくださった方にお礼を申し上げます。

雑賀　匡

看護しちゃうぞ

2001年6月30日 初版第1刷発行
2002年12月20日 第3刷発行

著　者　雑賀 匡
原　作　トラヴュランス
原　画　志水 直隆

発行人　久保田 裕
発行所　株式会社パラダイム
〒166-0011 東京都杉並区梅里2-40-19
ワールドビル202
TEL03-5306-6921 FAX03-5306-6923

装　丁　林 雅之
印　刷　あかつきＢＰ株式会社

既刊ラインナップ

定価 各860円+税

1 悪夢～青い果実の散花～
2 脅迫
3 痕～きずあと～
4 慾～むさぼり～
5 黒の断章
6 淫従の堕天使
7 Esの方程式
8 歪み
9 悪夢 第二章
10 瑠璃色の雪
11 官能教習
12 復讐
13 淫Days
14 お兄ちゃんへ
15 緊縛の館
16 密猟区
17 淫内感染
18 月光獣
19 告白
20 Xchange
21 虜2
22 飼
23 迷子の気持ち
24 ナチュラル～身も心も～
25 放課後はフィアンセ
26 骸～メスを狙う顎～
27 朧月都市
28 Shift!
29 いまじねぃしょんLOVE
30 ナチュラル～アナザーストーリー～
31 キミにSteady
32 ディヴァイデッド
33 紅い瞳のセラフ
34 MIND
35 錬金術の娘
36 凌辱～好きですか？～
37 My dearアレながおじさん
38 狂＊師～ねらわれた制服～
39 UP!
40 魔薬
41 臨界点
42 絶望～青い果実の散花～
43 美しき獲物たちの学園 明日菜編
44 淫内感染～真夜中のナースコール～
45 My Girl
46 面会謝絶
47 偽善
48 美しき獲物たちの学園 由利香編
49 せ・ん・せ・い
50 sonnet～心かさねて～
51 リトルMyメイド
52 flowers～ココロノハナ～
53 サナトリウム
54 はるあきふゆにないじかん
55 プレシャスLOVE
56 ときめきCheck in!
57 散櫻～禁断の血族～
58 Kanon～雪の少女～
59 セデュース～誘惑～
60 RISE
61 虚像庭園～少女の散る場所～
62 終末の過ごし方
63 略奪～緊縛の館 完結編～
64 Touchme～恋のおくすり～
65 淫内感染2
66 加奈～いもうと～
67 PILE・DRIVER
68 Lipstick Adv.EX
69 Fresh!
70 脅迫～終わらない明日～
71 うつせみ
72 Xchange2
73 M.E.M.～汚された純潔～
74 Fu・shi・da・ra
75 絶望～第二章～
76 Kanon～笑顔の向こう側に～
77 ツグナヒ
78 ねがい
79 アルバムの中の微笑み
80 ハーレムレーサー
81 絶望～第三章～
82 淫内感染2～鳴り止まぬナースコール～
83 螺旋回廊
84 Kanon～少女の檻～
85 夜勤病棟
86 使用済～CONDOM～
87 真・瑠璃色の雪～ふりむけば隣に～
88 Treating 2U
89 尽くしてあげちゃう
90 Kanon～the fox and the grapes～
91 もう好きにしてください
92 同心～三姉妹のエチュード～
93 あめいろの季節
94 Kanon～日溜まりの街～
95 贖罪の教室
96 ナチュラル2 DUO 兄さまのそばに
97 帝都のユリ
98 Aries
99 LoveMate～恋のリハーサル～
100 恋ごころ
101 プリンセスメモリー
102 ぺろぺろCandy2 Lovely Angels
103 夜勤病棟～堕天使たちの集中治療～
104 尽くしてあげちゃう2
105 悪戯Ⅲ
106 使用中～W.C.～
107 せ・ん・せ・い2
108 ナチュラル2 DUO お兄ちゃんとの絆
109 特別授業
110 Bible Black
111 星空ぷらねっと
112 銀色
113 奴隷市場
114 淫内感染～午前3時の手術室～
115 懲らしめ 狂育的指導
116 傀儡の教室
117 インファンタリア
118 夜勤病棟～特別盤 裏カルテ閲覧～
119 姉妹妻
120 ナチュラルZero+
121 看護しちゃうぞ
122 みずいろ
123 椿色のプリジオーネ
124 恋愛CHU! 彼女の秘密はオトコのコ？

最新情報はホームページで！　http://www.parabook.co.jp

125 エッチなバニーさんは嫌い？ 原作：ジックス　著：竹内けん
126 もみじ「ワタシ…人形じゃありません…」 原作：ルネ　著：雑賀匡
127 注射器2 原作：アーヴォリオ　著：島津出水
128 恋愛CHU！ヒミツの恋愛しませんか？ 原作：SAGAPLANETS　著：TAMAMI
129 悪戯王 原作：インターハート　著：平手すなお
130 水夏～SUIKA～ 原作：サーカス　著：雑賀匡
131 ランジェリーズ 原作：ミンク　著：三田村半月
132 贖罪の教室BADEND 原作：ruf　著：結字糸
133 -スガタ- 原作：MayBeSOFT　著：布施はるか
134 Chain失われた足跡 原作：ジックス　著：桐島幸平
135 君が望む永遠 上巻 原作：アージュ　著：清水マリコ
136 学園～恥辱の図式～ 原作：BISHOP　著：三田村半月
137 蒐集者　コレクター 原作：ミンク　著：雑賀匡
138 とってもフェロモン 原作：トラヴュランス　著：村上早紀
139 SPOT LIGHT 原作：ブルーゲイル　著：日輪哲也

140 Princess Knights上巻 原作：ミンク　著：前薗はるか
141 君が望む永遠 下巻 原作：アージュ　著：清水マリコ
142 家族計画 原作：ディーオー　著：前薗はるか
143 魔女狩りの夜に 原作：アイル【チーム・Riva】　著：南雲恵介
144 憑き 原作：ジックス　著：布施はるか
145 螺旋回廊2 原作：ruf　著：日輪哲也
146 月陽炎 原作：すたじおみりす　著：雑賀匡
147 このはちゃれんじ！ 原作：ルージュ　著：三田村半月
148 奴隷市場ルネッサンス 原作：ruf　著：菅沼恭司
149 新体操（仮） 原作：ぱんだはうす　著：雑賀匡
150 Piaキャロットへようこそ!!3 上巻 原作：エフアンドシー　著：ましらあさみ
151 new～メイドさんの学校～ 原作：SUCCUBUS　著：七海友香
152 はじめてのおるすばん 原作：ZERO　著：南雲恵介
153 Beside ～幸せはかたわらに～ 原作：F&C・FC03　著：村上早紀
154 Only you-リ・クルス- 上巻 原作：アリスソフト　著：高橋恒星

155 性裁 白濁の禊 原作：ブルーゲイル　著：谷口東吾
157 Sacrifice ～制服狩り～ 原作：Rateblack　著：布施はるか
158 Piaキャロットへようこそ!!3 中巻 原作：エフアンドシー　著：ましらあさみ
159 忘レナ草 Forget-me-Not 原作：ユニゾンシフト　著：雑賀匡
160 シルヴァーン～銀の月、迷いの森～ 原作：g-clef　著：布施はるか
161 エルフィーナ 淫夜の王宮編 原作：アイル【チーム・Riva】　著：清水マリコ
162 Princess Knights下巻 原作：ミンク　著：前薗はるか
163 リアライズ・ミー 原作：ミンク　著：高橋恒星
164 Only you-リ・クルス- 下巻 原作：アリスソフト　著：高橋恒星
165 水月 原作：F&C・FC01　著：三田村半月
166 はじめてのおいしゃさん 原作：ZERO　著：三田村半月
167 ひまわりの咲くまち 原作：フェアリーテール　著：村上早紀
168 Piaキャロットへようこそ!!3 下巻 原作：エフアンドシー　著：ましらあさみ
169 新体操（仮） 淫装のレオタード 原作：ぱんだはうす　著：雑賀匡

好評発売中！

〈パラダイムノベルス新刊予定〉

☆話題の作品がぞくぞく登場！

12月

174.いもうとブルマ

～放課後のくいこみレッスン～

萌。 原作

谷口東吾　著

父親の再婚により、幼なじみのかわいい３姉妹が義妹になった！　それぞれの妹たちと肉体関係をもってしまった勇は、放課後に体育倉庫に呼びだしてエッチなレッスンを繰り返す。

175.DEVOTE《でぼーと》 2

～いけない放課後～

13cm　原作

布施はるか　著

魅力的な５人の女の子から「好きにしていいよ」と告白された哲也。エッチなことに興味津々の哲也はさまざまなプレイを楽しむが、それはだんだんエスカレートしてきて…。

1月

176. 特別授業2

BISHOP　原作
深町薫　原作

自分にそっくりな男と入れ替わり、お嬢様学園へ教育実習生として潜入に成功した智也。加虐欲求を満たすため、学園でも選りすぐりの美少女たちに襲いかかる！　人気凌辱ゲームの続編がいよいよ登場!!

178. D.C.～ダ・カーポ～　白河ことり 編

サーカス　原作
雑賀匡　原作

人当たりがよく歌も上手なことりは、生徒たちから「学園のアイドル」と呼ばれていた。ことりと親しくなった純一は、なりゆきで彼女のマネージャーを務めることになり…。

-トラヴュランス 原作の作品-

138.とってもフェロモン

村上早紀 著
志水直隆 原画

異世界から来た魔法使いシルクに、フェロモンが増大する魔法をかけられた拓也。女の子に迫られまくり!

104.尽くしてあげちゃう2

内藤みか 著
志水直隆 原画

一人暮らしの大輔は、ひょんなことから女の子と同棲することに。一日中、H度満点の生活が始まった！

89.尽くしてあげちゃう

内藤みか 著
志水直隆 原画

女の子をかばって入院したことから急にモテ始めた辰也。辰也をめぐる女同士のHな争いが勃発し…。